옮긴이 김정은

한국외국어대학교에서 프랑스어를 전공하고 이화여자대학교 통역번역대학원
에서 한불번역학 석사학위를 받았다. 한국관광공사, KBS 등에서 통번역 업무를
하였고 현재는 출판번역 에이전시 베네트랜스에서 리뷰어 및 번역가로 활발히
활동 중이다. 옮긴 책으로는 『익명소설』 『인생의 고도를 바꿔라』 『나의 스트레스
없는 일 년』 등이 있다.

행복할 권리가 있는 _____님에게

Propos Sur Le Bonheur

Alain

일러두기

1. 이 책은 1928년 발행된 알랭의 『행복에 대한 프로포 Propos Sur Le Bonheur』를 바탕으로 재구성했으며, 번역에는 2015년 9월 ebooksgratuits이 제공한 텍스트를 사용했다.

2. 외래어는 국립국어원의 외래어표기법을 따랐으나 통용되는 일부 표기는 허용했다.

3. 주는 도서의 이해를 돕기 위하여 추가한 옮긴이, 편집자 주이다.

4. 본문 고딕으로 표기한 문장은 도서의 이해를 돕기 위하여 강조한 문장이다.

04

Essai

아주 오래된 행복론

알랭 지음
김정은 옮김

arte

추천의 말

　　　　『아주 오래된 행복론』은 20세기 프랑스의 대표적 철학자 알랭의 지혜가 담긴 에세이집이다. 100년 전에 쓰인 글이지만, 그 속에 포함된 통찰과 유머는 오늘날을 살아가는 우리에게 여전히 유효하다.

　알랭은 일상의 사소한 순간순간에 우리가 어떤 마음과 태도로 어떻게 행동해야 할지를 조목조목 설명해준다. 불안과 분노에 휩싸일 때, 운명을 한탄하며 어둠으로 침잠할 때, 누군가가 내게 짜증을 낼 때, 배우자와 자잘한 갈등을 빚을 때 등 우리가 흔히 마주치는 곤란하고 우울한 순간에도 어떻게 행복을 찾아낼 수 있는지 그 비결을 이야기한다. 그의 철학은 어찌 보면 단순하다. 그렇지만 본디 진리란 단순한 법이다. 또한 깊이

가 있어서 지금을 사는 우리에게도 큰 울림을 준다. 특히 생활 속에서 실천 가능한 지혜를 전한다는 점이 이 책의 가장 큰 매력이다.

알랭은 행복이란 수동적으로 주어지는 것이 아니라 능동적으로 만들어가는 것임을 강조한다. "희망이 희망의 이유를 만든다"라는 그의 말에서 볼 수 있듯 긍정적인 태도와 실천의 중요성을 역설한다. 또한 대수롭지 않은 매일의 기쁨과 충실한 현재가 얼마나 가치 있는지 일깨워준다. 법의학자로서 늘 '현재에 충실하자'고 말하는 내게, 이러한 생각이 100년 전의 철학자와 닿아 있다는 것이 신비로울 정도이다.

현대인의 복잡한 고민에 알랭은 단순하지만 본질적인 해답을 제시한다. 그의 메시지가 오랜 세월이 지난 지금도 사람들에게 유효하고 이렇게 번역되어 출간되는 것도 아마 그러한 이유 때문일 것이다. 내용만이 아니라 알랭의 문체도 독보적이다. 간결하면서도 시적이다. 짧은 단상들 속에 깊은 사유가 녹아 있어 곱씹을수록 새로운 의미가 발견된다. 출근하는 지하철에서, 퇴근 후 소파에서 뒹굴며 읽다가도 그의 산뜻한 문체에 감동하게 된다. 그렇기에 한 번 읽고 끝내기보다는 틈틈이 들춰보며 삶의 지침으로 삼기에 좋은 책이다.

알랭의 따뜻하고 지혜로운 시선이 바쁘고 각박한 하루하루에 지치고, 때로 과거에 대한 후회나 미래에 대한 불안으로 힘들어하는 분들에게 작지만 의미 있는 변화를 가져다줄 것이라고 믿는다. 그의 철학을 통해 행복이란 멀리 있는 것이 아니라 우리 곁에 있음을 그리고 그것을 발견하고 만들어가는 것이 우리의 몫임을 깨닫게 될 것이다.

다만 이 책은 자기계발서는 아니다. 표피적인 처세술이 아니라 삶에 대한 근원적인 성찰을 담고 있기에 출세나 성공의 비결은 다루지 않고, 우리에게 행복을 위해 무엇인가를 더 하라고 강권하거나 몰아붙이지 않는다. 대신 이미 우리 안에, 우리 주변에 있는 작고 빛나는 행복을 발견하는 법을 가르쳐준다.

『아주 오래된 행복론』은 빠르게 변화하는 현대 사회에서 우리가 놓치고 있는 것이 무엇인지 일깨워주는 소중한 나침반이 될 것이다. 이 책을 통해 독자는 일상에서 행복을 발견하는 법, 긍정의 힘 그리고 어제나 내일이 아닌 오늘을 충실히 살아가는 지혜를 배우게 될 것이다. 알랭의 철학을 통해 삶의 본질적인 가치를 새삼스레 다시 한번 생각해보고 주변과 자신을 돌아볼 기회를 얻기를 기원한다. 그가 전하는 한 구절 한 구절이 우리 마음을 때로 울리고 또 때로는 미소 짓게 할 것이다. 그리고 그러는 가운데 현실을, 자신을, 관계를, 사회를 바라보는 시선이 점차 바뀔 것이라고 믿는다.

자, 이제 여유를 갖고 소파에 누워 책을 펼쳐 들자. 삶이 즐거워지고 또 진지해질 것이다.

2025년

법의학자 유성호

머리말

　　알랭이라는 필명으로 저작 활동을 한 에밀 오귀스트 샤르티에는 프랑스 노르망디 지방의 작은 도시 모르타뉴오 페르슈에서 태어났다. 이 도시에는 현재 알랭 박물관이 운영되고 있다. 수의사 아버지와 '이목구비가 뚜렷한 미인' 어머니 사이에 태어난 알랭은 어머니에게서 페르슈 지방 특유의 강고한 체격을 물려받았다. 확실히 알랭은 대대로 말 사육업을 해온 일가의 사람다웠다.

　그의 내면에 자리 잡은 철학자는 인간의 본질을 형성하고 자기 통제를 요구하는 강렬한 욕구와 대담한 열정을 이해하기 위해 자신의 본성 이외에 다른 것을 참고할 필요가 없었다. 알랭은 모든 면에서 보편적 통찰력을 지닌 사상가 계통에 속한다. 그의 논증은 사람들 각자가 가진 모든 종류의 인간성에 관한 것이므로 누구에게나 통한다. 이것이 바로 알랭과 그의 작품에 깃든 깊은 민주주의 정신이다. 그는 욕구의 평등(이는 동일성과는 다르다)을 통해 조건의 평등을 추구하며, 오직 개인 내에서 그리고 개인별로만 위계가 존재할 수 있다고 보았다.

이러한 토대 위에서 그는 철학자 쥘 라슐리에*를 비롯한 여타 깨어 있는 정신의 사상가들로 이어지는 프랑스 고등사범학교의 계보를 이으며 프랑스의 전통적인 대문호로 발돋움했다. 알랭은 로리앙에서 루앙으로, 다시 루앙에서 파리로 옮겨가며 40년 동안(1892-1922) 고등학교에서 철학을 가르쳤다. 그는 자신에게 서슴없이 다가와준 제자들에게 큰 영향을 미쳤는데, 이는 그가 결코 교사의 지위를 내세우거나 거드름을 피우지 않는 스승이었기 때문이다.

정치적 열정과 당파적 견해의 참담함(드레퓌스 사건, 정교분리 등)은 알랭을 저널리즘의 세계로 이끌었다. 그는 1906년부터 1914년까지 일간지 「데페슈 드 루앙」에, 또한 1921년부터 1936년까지는 제자가 설립한 주간지 「리브르 프로포」에 매일 독창적인 칼럼인 '프로포'를 연재하면서 작가로서의 역량을 연

---

* Jules Lachelier, 알랭을 철학의 길로 인도한 고등학교 은사 쥘 라뇨Jules Lagneau의 스승. ―옮긴이

마쳤다.

1914년, 알랭이 끊임없이 비판해 마지않던 전쟁이 발발했다. 44세라는 적지 않은 나이에도 그는 군에 자원입대하여 총알이 빗발치는 참호에서 포병으로 복무했다. 그곳에서 그는 정념이 일으키는 가장 치명적인 결과, 즉 전쟁을 직접 목격했으며 인간이 속박되는 원인을 인간의 내면에서 찾고자 애썼다. 전선에서 알랭은 『마르스 또는 심판받은 전쟁』, 『미술 이론』부터 『신들』에 이르기까지 일련의 저서를 구상하기 시작했다. 그는 작품을 통해 인간에 대한 폭넓은 묘사(『사상과 시대』), 존재에 관한 심도 깊은 고찰(『바닷가의 대담』)을 펼치며, 독창적이고 일관된 철학적 작업을 이어나갔다.[1]

『아주 오래된 행복론』의 책장을 넘기면서는 이 점을 기억해 두면 유용할 것이다. 우연한 상황을 마주했을 때 행복해지는 비결에 대해 쓴 알랭의 프로포에 담긴 섬세한 지혜를 뒷받침하는 것은 도덕주의가 아니라 근본적인 철학이다.

더 간단히 말하자면, '행복할 의무'라는 표현은 존재란 종속이 아닌 권력임을 강조하고자 사용된 아름다운 과장법이다. 영웅이 자신을 끊임없이 채찍질하듯, 의지는 자기 자신의 명령으로 힘을 얻는다. 이 점을 결코 오해해서는 안 되리라.

모르 랑블랭* 부인에게 바치는 헌사

이번 '프로포' 모음집**은 아주 흡족합니다. 주제가 잘게 나뉘어 있기는 하지만 견해는 나무랄 데 없어 보입니다. 사실 행복이란 원래 작은 조각으로 나뉘어 있지요.

기분 변화란 일시적인 생리 현상 때문에 생기는 것입니다. 그런데도 우리는 그것에 귀 기울이고, 계시적인 의미를 부여합니다. 불행은 그런 일련의 기분 때문에 만들어집니다. 나는

---

* Morre-Lambelin, 알랭이 모든 면에서 의지했던 연상의 반려자. 둘은 결혼은 하지 않았으나 1901년 루앙에서의 만남을 시작으로 1941년 그녀가 세상을 떠날 때까지 인연을 지속했다. —옮긴이

** 프랑스의 출판 시리즈 '카이에 뒤 카프리코른Cahiers du Capricorne'의 초판본으로, 60개의 프로포를 담고 있다.

딱히 불행할 만한 큰 이유가 없는 사람들의 기분을 말하는 것입니다. 그들은 자신의 잘못으로 불행해집니다.

진정한 불행에 대해서는 아무도 쓰지 않았습니다. 하지만 누군가는 기분 탓으로 불행을 더 키운다고 생각합니다. 가스통 말레르브가 프랑스 모를레 지역의 군수로 있을 때 했던 말이 기억나나요? 그는 내게 "미치광이들은 못돼먹은 자들이오"라고 하였지요. 나는 틈만 나면 이 말을 되뇌어보았습니다.

광기는 모든 것, 심지어 사소한 것까지도 모두 다 짜증스럽게 받아들이는 태도 때문에 시작된다고 생각합니다. 이것은 연극처럼 꾸며낸 기분인데, 상당히 그럴듯하고 연기도 훌륭하지만, 과도한 표현 욕구 때문에 언제나 의도를 벗어나고 맙니다. 이 표현 욕구는 남에게 불행을 전파하려는 충동 때문에 악의가 되고 맙니다. 그래서 상대가 어리석고 식견이 얕다고 치부함으로써 남의 행복을 망쳐버립니다.

미치광이에게는 그 광기를 퍼뜨리려는 강한 욕구와, 무엇보다도 치유되지 않겠다는 의지가 있습니다. 우연한 행운의 기쁨으로도 미친 사람을 치유할 수 없다는 점을 생각하면 많은 것을 배울 수 있습니다.

사실 우리 모두에게는 그런 경험이 있습니다. 이는 단지 우리 이야기를 과장한 것에 불과합니다. 화란 그것을 부채질하면 끔찍해지지만 그저 바라보기만 하면 우스꽝스럽습니다. 행복도 대개는 작은 일에 달린 법이지요. 물론 큰일에서도 얻을 수 있지만 말입니다.

이 책이 만일 '행복론'이었다면 그 점에 대해 충분히 언급하고 설명도 했을 것입니다. 하지만 이와 달리 우리는(특히 당신이) 행복과 관련된 '프로포'들을 엮기로 하였지요. 제 예상에 위험 부담이 없지는 않을 것 같습니다. 독자들은 저자의 의도를 고려하지 않으니까요. 서두에 아무리 설명해봤자 독자들은 언제나 이론서를 기대하기 마련입니다. 저는 아마도 『미술 이론』과 같은 이론서를 쓰기 위해 태어났는지도 모르겠습니다.

요컨대 이렇게 장황한 설명을 이어온 것은 당신의 자유로운 선택을 반영하는 이 아름다운 모음집을 당신에게 바치기 위해서입니다.

1925년 5월 1일
알랭

1장   정념

불안과 분노로 애끓는 그대에게

2장 | 긍정
어둠에서 벗어나 밝은 쪽으로

3장 | **실행**
행동만이 감정과 변화를 만들어낸다

4장 | 관계
우리 사이가 편안하고 자유롭기를

5장 | 행복
기필코 행복해질 그대에게

1장

정념

불안과 분노로 애끓는 그대에게

인간은 정념을 피할 수 없다.
하지만 현명한 자는 영혼을 행복한 생각으로 채우기 때문에
부정적인 감정은 그 언저리에 조그맣게 존재할 뿐이다.

정념情念: 감정에 따라 일어나는, 억누르기 힘든 생각

◌　격정이 일 때는 힘을 빼고 침착하게

　　　　　사레가 들리면 우리 몸 여기저기에서는 마치 경보가 울린 듯 일대 혼란이 벌어진다. 곳곳에서 근육이 당기고 심장까지 움찔한다. 일종의 경련이 일어난 것이다. 이럴 때 우리가 할 수 있는 일은 무엇일까? 이런 신체 반응을 꾹 참고 거스르기란 불가능하지 않을까? 철학가는 이 방면의 문외한이므로 그렇게 생각할 수도 있다. 그러나 체육 교사나 펜싱 선생님이라면 학생이 "전 역부족이에요. 자꾸 힘이 들어가면서 온몸의 근육이 굳어요"라고 말하면 웃음을 터뜨릴 것이다.

　내가 아는 엄격한 선생님이 한 분 계신데, 그분이었다면 여러분에게─양해를 구한 뒤─정신 차리라며 펜싱 검으로 후려쳤을 것이다. 이성의 길을 열어주기 위해서이다. 잘 알려진 사실이지만, 근육은 순종적인 개처럼 우리 생각을 따르게 되어 있다. 팔을 뻗으려고 생각하면 곧 팔을 뻗을 수 있다. 앞서 말한 경련이나 소란이 일어나는 주된 이유는 사레가 들렸을 때 무엇을 해야 할지 모르기 때문이다. 그런 상태에서 억지로 숨을 들이마시려 하면 균형은 더 흐트러진다. 그보다는 온몸에 힘을 빼고 목구멍에 잘못 걸린 침덩이를 배출해내야 한다. 모든 일이 다 그렇지만 두려움이라는 해로운 감정을 떨쳐내는 것이 중요하다.

기침 감기에도 비슷한 원리가 적용되지만 이 방법을 활용하는 사람은 드문 것 같다. 기침이 나올 때 사람들은 대체로 마치 격정이 치밀어 자신을 할퀴듯이 콜록거리는데, 피해를 보는 쪽은 자기 자신일 뿐이다. 그러면 진이 빠지고 신경이 곤두선다. 의사들은 기침에 대한 처방으로 사탕처럼 녹여 먹는 약을 고안했다. 내 생각에 이 약의 역할은 '자꾸 삼키게 만드는 것'이다. 삼키기는 기침과 반대되는 강력한 기제로, 기침보다 더 참기 힘들고 통제하기 어렵다. 삼킬 때 일어나는 경련은 기침할 때 일어나는 경련을 무력화한다. 이는 우는 아기를 엎드려놓는 원리와 같다.

그런데 기침의 첫 순간부터 그 극적인 면을 멈출 수 있다면 굳이 사탕 같은 약을 녹여 먹을 필요도 없지 않을까. 기침이 나오려 할 때 아무렇지 않은 듯 침착하게 평정을 유지한다면 신경질이 날 일은 애초부터 생겨나지 않을 것이다.

신경질이라는 이 단어는 생각할 거리를 던져준다. 언어의 지혜를 빌려 말하자면, 이 단어는 가장 강렬한 정념을 가리키기에도 적절하다. 나는 화를 주체하지 못하는 사람이나 기침이 나면 나는 대로 콜록거리는 사람이 별반 다르지 않다고 생각한다. 마찬가지로, 두려움이란 육체에 느껴지는 불안이므로 신체 훈련을 통해 물리칠 수 있지만 우리는 이 방법을 잘 모른다.

정념의 흐름에 생각을 내맡긴 채 원초적인 열성에 사로잡혀 두려움이나 분노 속에서 허우적거리기만 한다면 앞서 말한 어떤 상황도 극복할 수 없다. 요컨대 우리는 정념 때문에 병을 키운다. 이는 체육의 본질을 깨치지 못한 사람의 운명이다. 고대 그리스인이 깨달았던 진정한 체육의 세계에서는 올바른 이성이 신체를 지배하고 움직인다. 물론 모든 움직임을 두고 하는 말은 아니다. 다만 흥분된 상태에서 나오는 행동이 몸의 자연스러운 반응을 방해하게 두면 안 된다는 뜻이다. 나는 우리 아이들에게 이것을 꼭 가르쳐야 한다고 생각한다. 인간이 진정으로 숭배해야 할 대상이라 할 만한 아름다운 신체 조각상들을 예로 삼아 보여주어도 좋겠다.

우울을 가볍게 건너는 방법

오늘은 조울증에 관한 이야기를 해보려고 한다. 심리학 교수인 나의 지인이 내담자와의 상담을 통해 운 좋게 발견했던 '우울한 마리와 즐거운 마리'라는 사례를 소개한다. 아주 오래전 일이긴 하지만 지금도 되새겨볼 만한 이야기다.

마리는 시계처럼 정확히 한 주 동안은 즐겁고 다음 한 주 동안은 우울감을 느끼는 아가씨였다. 즐거울 때는 모든 일이 다 좋았다. 비가 와도 좋고 해가 떠도 좋고, 조금만 친해져도 기분이 날아갈 듯했다. 연애가 왠지 잘되어간다고 생각하면서 "전 정말 운도 좋지 뭐예요!" 하고 말하기도 했다. 마리는 한시도 지루해하지 않았고, 아주 사소한 생각에도 유쾌함이 묻어 있었으며, 모두를 즐겁게 하는 싱싱한 꽃과 같았다. 요컨대 그녀는 내가 당신에게 바라는 이상적인 상태에 있었다.

모든 항아리는 손잡이가 두 개라는 옛말이 있듯이, 모든 현상에는 두 가지 양상이 존재한다. 힘들다고 생각하면 언제나 힘들지만 좋게 생각하면 언제나 좋다. 그리고 행복을 위해 들인 노력은 어디 가지 않는 법이다.

그렇게 일주일을 보낸 후에는 분위기가 완전히 바뀌었다. 마리는 절망의 구렁텅이에 빠져 더는 아무것에도 관심이 없었다. 무엇을 봐도 시들했다. 행복도 사랑도 믿지 않았다. 지금껏 누구도 자신을 사랑해준 적이 없다고, 자신은 사랑받을 자격이 없는 멍청하고 지루한 사람이라고 생각했다. 이런 생각에 매몰되어 스스로 고통을 키워가고 있음을 마리도 잘 알았다. 그녀는 끔찍한 방법으로 자신을 조금씩 죽여가는 중이었다.

마리는 이렇게 말하기도 했다. "제게 관심 있는 척하시는 거 다 알아요. 저는 그런 연기에 절대 호락호락하게 속아 넘어가지 않거든요." 칭찬하면 비웃는다고 생각하고 친절히 대하면 모욕적이라고 생각했다. 비밀에 대해선 시커먼 음모라고 여겼다. 불행한 사람에게는 아무리 좋은 일도 소용없듯, 이런 상상으로 인한 고통에는 약도 없다. 행복하기 위해서는 생각을 넘어서는 강한 의지가 필요하다.

그런데 이 교수는 더 깊은 원인을 찾기 위해 매진했다. 그것은 용기 있는 자만이 해낼 수 있는 까다로운 과정이었다. 그는 사람의 기분이 주기적으로 변화하는 현상에 대한 수많은 관찰 결과와 대처 방법을 찾아보다가 혈액 1세제곱센티미터당 적혈구 수를 세어보기에 이르렀다. 그러자 어떤 법칙이 드러났다. 적혈구 수는 조증 기간이 끝나감에 따라 감소하고, 우울증 기간이 끝나감에 따라 다시 증가했다. 모든 망상의 원인은 혈액 구성의 변화였다.

이를 바탕으로 교수는 비탄에 빠진 내담자에게 알맞은 답을 내놓을 수 있었다. "걱정하지 마세요. 내일이면 기분이 좋아질 거예요." 마리는 전혀 믿지 않았지만 말이다.

한편, 자신이 근본적으로 우울감을 가지고 있다고 생각하는 또 다른 친구가 있었다. 그는 이렇게 말했다. "무슨 설명이 더 필요하지? 우리가 할 수 있는 건 아무것도 없어. 의지로 적혈구 수를 늘릴 수 있는 것도 아니고. 그러니 철학도 무의미해. 우주의 법칙에 따라 기쁠 때도 있고 슬플 때도 있는 것이지. 겨울이 가면 여름이 오고, 비 오는 날과 갠 날이 있는 것처럼 말이야. 내가 행복하고 싶은 욕구는 산책하고 싶은 욕구와 크게 다르지 않아. 내게는 골짜기에 비를 뿌릴 수 있는 능력이 없어. 마찬가지로 우울감은 내가 만들어낸 게 아니라 나는 그저 내게 나타난 우울감을 겪을 뿐이야. 그걸 알면 퍽 위안이 돼!"

하지만 그렇게 간단한 일이 아니다. 부당한 판결이나 불길한 예감, 괴로운 추억을 곱씹을 때, 우리의 내면에는 자연스레 슬픔이 떠오른다. 그리고 꾸역꾸역 그 슬픔을 음미한다. 그런데 이것이 다만 적혈구의 작용 때문인 것을 안다면, 우리는 코웃음을 칠 수 있을 것이다. 그리고 슬픔을 단순한 신체적 피로나 질병으로 여기고 담담하게 물리칠 것이다.

배신보다는 복통이 견디기 쉽듯, 진정한 친구가 없다고 여기는 것보다야 적혈구가 좀 모자라서 그렇다고 말하는 편이 낫지 않을까? 이렇게 생각하면 신경안정제를 복용하는 것 외에도 한 가지 치료법을 더 쓸 수 있는 셈이니 더욱 효과적일 것이다. 물론 이미 정념에 휩쓸린 사람은 이성적인 설명도 신경안정제도 받아들이지 않을 테지만 말이다.

기분은 파도 위의 배처럼
오르내릴 뿐

요즘처럼 돌풍을 동반한 차가운 비가 오락가락하는 계절에는 사람들의 기분도 하늘처럼 변덕이 심하다. 학식이 풍부하고 사리에 밝은 지인이 어제 내게 이런 말을 했다.

"나는 내가 마음에 들지 않아. 하던 일이나 카드게임을 멈추면 그 즉시 오만가지 사소한 생각이 떠올라서 기쁘다가도 슬프고, 슬프다가도 기쁘고, 또 시시각각 변하는 비둘기 목덜미의 깃털 색깔보다 더 빠르게 변하는 수천 가지 감정을 느껴. 예컨대, 편지를 쓸 일이 있다든지, 지하철을 놓쳤다든지, 외투가 너무 무겁게 느껴진다든지 하는 생각이 마치 큰 불행이라도 된 것처럼 머릿속을 뒤덮어버려. 무시해야 한다는 것도 알고 말이 안 된다는 것도 알지만 소용이 없어. 이성이 물에 젖은 북처럼 더는 울리지 않는 거지. 한마디로 신경증이 약간 있는 것 같아."

나는 이렇게 대답했다.

"섣불리 판단하지 말고 이해해보려고 노력해봐. 그런 상황은 누구나 겪어. 다만 네가 너무 똑똑하고 자신을 지나치게 꼼꼼히 분석해서 대체 왜 기분이 좋았다 나빴다 하는지 이해하고 싶은 마음이 큰 거야. 그런데 네가 말한 그런 이유로는 기쁘고 슬픈 감정이 좀처럼 설명이 되지 않으니, 스스로에 화가 나는 거지.

행복하거나 불행한 이유로 드는 동기는 사실 별로 중요하지 않아. 모든 것은 우리 몸과 몸의 작용에 달려 있지. 건강한 사람도 먹고, 걷고, 집중하고, 읽는 등의 일상적인 행동과 날씨에 따라 몸이 긴장과 이완을 반복해. 기분도 파도 위에 놓인 배처럼 그에 따라 오르내리지. 평상시엔 그저 비슷한 회색 톤의 차이로만 느껴질 거야. 할 일이 있을 땐 그런 생각이 별로 들지 않지만, 시간이 나면 자질구레한 생각으로 머리가 가득해져. 너는 그런 생각이 원인이라고 여기겠지만, 사실은 원인이 아니라 결과야. 예민한 사람은 슬프면 슬픈 이유를, 기쁘면 기쁜 이유를 항상 찾아내지.

한 가지 원인이 두 가지 결과를 낳을 수도 있어. 병약했던 파스칼[2]은 문득 수많은 별을 보고 섬찟 놀랐는데, 그 경외의 떨림은 아마 창가에서 흘러들어온 한기 때문이었을 거야. 건강한 시인이었다면 친근한 여인들에게 하듯 별들에게 말을 걸었을 테지. 어쨌든 파스칼이나 시인 모두 별이 박힌 밤하늘의 아름다움을 찬미하겠지. 별이 왜 아름다운가에 대한 질문 따위는 내버려두고 말이야.

철학자 스피노자[3]는 이렇게 말했어. 인간은 정념을 피할 수 없지만, 현명한 자는 영혼을 행복한 생각으로 채우기 때문에 부정적인 감정은 그 언저리에 조그맣게 존재할 뿐이라고. 이렇게 어려운 말을 따르려 애쓰지 않더라도 우리는 이를 영감 삼아 음악을 듣고, 그림을 그리고, 대화를 나눔으로써 행복을 추구하고 넓혀갈 수 있어. 그러면 우울의 영역은 상대적으로 줄어들지.

많은 사람이 사소한 일에 매달려 정작 중요한 것을 놓치고 있어. 우리는 중대하고 유용한 직업에 종사하면서도 그리고 책을 읽고 친구들을 사귀면서도 그로부터 최고의 가치를 얻지 못했다는 것을 부끄러워해야 할 거야. 물론 이것은 누구나 저지르는 실수지. 가치 있는 일에 관심을 두지 않은 모두의 큰 실수야. 우리는 가치 있는 것들로 자신을 채워야 해. 자신이 무엇에 가치를 두는가를 확실히 알고 그것을 추구하는 일은 때로 상당한 기술을 필요로 하지."

슬픔은 곱씹을수록 커지나니

　　　　신장결석을 앓는 친구를 만났을 때, 그는 매우 침울해 보였다. 이런 종류의 병은 알다시피 사람을 우울하게 만들기도 한다. 이 이야기를 했더니 친구도 동의했다. 그래서 나는 이렇게 말했다. "신장결석이 생기면 우울감을 느낀다는 사실을 알고 있으니 우울하다고 해서, 또 화가 난다고 해서 놀랄 필요는 없겠지." 이 기발한 발상에 친구가 너털웃음을 지었으니 효과는 꽤 괜찮은 셈이었다. 조금 별나게 말하긴 했지만, 나는 불행에 빠진 사람들이 잘 모르는 아주 중요한 점을 짚었다고 생각한다.

　　깊은 우울감을 살펴보면 어김없이 병든 몸이 그 원인이다. 슬픔은 병이 아닌 만큼, 우리는 곧 생각보다 훨씬 평안해질 것이다. 불행에 관한 생각은 우리를 슬프게 한다기보다 동요시킨다. 육체의 피로나 몸 어딘가에 생긴 결석이 생각의 무게를 더할 수는 없는 노릇이다. 사람들은 대부분 이 점을 부인한다. 그러고는 불행을 생각하기만 해도 불행 속에서 고통을 받는다고 한사코 주장한다. 물론, 스스로 불행해할 때는 머릿속 이미지에도 날카로운 발톱과 가시 같은 것이 있어서 우리를 괴롭히기도 한다.

하지만 우울증 환자들을 한번 생각해보자. 그들은 우울할 이유를 찾고자 온갖 생각을 다 끄집어낸다. 그들에게는 모든 말이 상처가 된다. 위로를 하면 모욕을 당했다고 하고, 위로를 하지 않으면 친구도 없이 혼자 남겨졌다고 한다. 이처럼 생각이 동요하면 병이 의도하는 대로 불쾌한 쪽으로 관심을 기울이게 된다. 그리고 이렇게 모순된 반응을 보이면서, 자기를 슬프게 만든 이유에 짓눌려 슬픔을 곱씹을 수밖에 없다. 우울증 환자는 고통을 겪는 모든 사람을 확대해서 자세히 보는 것과 같다. 그들이 슬픔을 틀림없는 병이라고 여긴다는 점만은 사실이다. 그런데 우리는 그 슬픔이 왜 생겼는지를 따지고 들다가 예민한 부분을 건드려서 오히려 고통을 심화시키는 것 같다.

사람의 정념을 분노에까지 이르게 만드는 이런 종류의 증상에서 해방되려면 이렇게 생각해야 한다. 슬픔은 다만 병이므로, 이것저것을 따지거나 이해하려 하지 말고 병을 견디듯이 견뎌야 한다고. 그렇게 하면 날 선 대화의 행렬을 끊고, 마음의 괴로움을 배가 아픈 것과 같이 여길 수 있다. 그러면 우울증 환자는 이제 입을 다물고 거의 무의식적인 상태가 된다. 이제 그는 더 원망하지 않고 슬픔을 참아낸다. 그러면서도 휴식을 취하게 된다. 이로써 우리는 슬픔에 제대로 맞설 수 있다.

이는 우리가 기도를 통해 기대하는 바이기도 하며, 그 효과는 자주 입증된다. 광대한 무한성 앞에서, 모든 것을 알며 모든 것을 계획한 지혜 앞에서, 불가사의한 위엄 앞에서, 불가침의 정의 앞에서, 신실한 인간은 감히 생각이라는 것을 포기하게 된다. 선한 의지로 올린 기도로 많은 것을 얻지 못할 리 없다. 그중에서도 분노를 다스리는 것은 어려운 일이지만 불행에 관한 생각을 물리치는 방편으로 이러한 상상의—좋은 의미의—아편을 활용하게 되기도 하는 것이다.

슬픔은 머리가 아닌 몸의 작용이다

정념은 질병보다 참기 어렵다. 왜냐하면 정념은 전적으로 우리의 성격과 생각에서 생겨나는 것처럼 보이지만, 동시에 어찌할 수 없는 필연성을 띠기 때문이다. 몸에 상처가 나서 아플 때는 주변을 돌아보고 그렇게 될 수밖에 없었던 필연적인 사정을 인지한다. 그러면 통증 외에는 다른 문제나 의구심이 없다. 눈앞의 어떤 대상이 그 생김새나 소리, 냄새로 강렬한 공포나 어떤 욕망을 불러일으키더라도, 우리는 그것을 비난하거나 피함으로써 마음의 평정을 되찾을 수 있다.

그러나 정념에 대해서는 손 쓸 도리가 없다. 대상이 눈앞에 없어도 우리는 그것을 좋아하거나 싫어할 수 있다. 시를 창작할 때처럼 마음의 작용을 통해 대상을 상상 속으로 불러낼 수 있고, 심지어 모습을 바꿔서 볼 수도 있다. 모든 요소가 우리를 그 대상에 집중하게 한다.

한편, 단순한 감정 때문이라면 인간은 그렇게까지 괴로워하지는 않는다. 예를 들어, 너무 무서워서 허둥지둥 달아났다고 해보자. 이때 우리는 자신을 생각할 겨를이 없다. 그런데 무서워한 것이 창피하게 느껴지고, 주변에서 그것을 놀리면 화를 내거나 변명을 늘어놓게 된다. 특히 참을 수 없는 것은 대개 늦은 밤 홀로 있을 때, 휴식 말고는 달리 할 일이 없을 때 스스로 느끼는 수치심이다. 그런 시간에는 하릴없이 그 수치심을 곱씹게 되기 때문이다.

내가 당긴 활시위를 떠난 화살들이 모두 나에게 쏟아진다. 이때 나의 적은 바로 나 자신이다. 정념에 사로잡힌 사람은 자기는 아프지 않으며 거침없이 잘 살아갈 수 있다고 확신하면서 이렇게 생각하기에 이른다. '내 정념은 곧 나 자신이며 나를 장악한다.'

정념 속에는 항상 자책과 두려움이 있는 것 같다. 우리는 이렇게 자문하곤 한다. '나는 왜 이렇게 자신을 잘 다스리지 못할까? 언제까지 이렇게 똑같은 일을 반복하게 될까?' 이렇게 자신을 책망하고 굴욕감을 느끼는 것이다. 한편으로는 두려움도 느낀다. 이런 생각도 하기 때문이다. '내 생각이 잘못됐다. 내가 나와 모순되는 논리를 도출하다니. 내 생각을 조종하는 이 마법의 힘은 대체 뭐지?'

그 마법은 바로 정념의 힘이자 그것에 예속된 내면이다. 나는 그 때문에 사람들의 생각이 신비적 현상과 사악한 저주에까지 미치게 된다고 본다. 정념에 사로잡힌 사람은 자신이 아픈지 어떤지 판단할 능력이 부족하여 그저 저주를 받았다고 여긴다. 그리고 이 생각은 점점 끝없이 확대돼 마침내 자신을 고문하기에 이른다. 세상 어디에도 존재하지 않지만 생생한 이 고통을 누가 설명할 수 있을 것인가? 시시각각 극심해지는 괴로움이 영원히 지속될 것 같은 예감에 사람들은 기꺼이 죽음을 향해 달려가게 된다.

많은 사람이 이에 대한 글을 썼다. 스토아주의자들도 두려움과 화를 분석한 훌륭한 이론을 많이 남겼다. 그러나 『정념론』을 통해 이 문제를 정면에서 다룬 데카르트[4]야말로 그 자신도 인정하듯 이 방면의 일인자라고 할 수 있다. 그는 정념이 생각의 한 상태로 존재하면서도 우리 몸속에서 일어나는 운동에 예속되어 있다고 주장했다. 신경망과 뇌 속을 순환하는 미지의 액체와 혈액의 흐름 때문에 고요한 밤이면 늘 똑같은 생각이 생생하게 되살아난다는 것이다.

이러한 신체의 작용을 우리는 보통 알지 못하고 지나친다. 단지 결과만 목격할 뿐이다. 또는 한술 더 떠서 그것이 정념으로부터 비롯되었다고 믿는다. 사실은 그와 반대로 신체의 운동이 정념을 키우는 것인데 말이다. 이 사실을 제대로 이해한다면 우리는 꿈에 대한 것이든, 더 부자유스러운 또 하나의 꿈인 정념에 대한 것이든 숙고하고 판단하는 모든 수고를 덜 수도 있을 것이다. 또, 자신을 책망하고 저주하는 대신 우리 모두가 복종할 수밖에 없는 외부적인 필연성을 인정하게 될 것이다. 그리고 이런 생각에 이를 것이다.

'나는 슬프다. 보이는 건 캄캄한 어둠뿐이다. 그러나 여러 가지 사건은 이와는 아무런 상관이 없다. 나의 이성도 아무런 상관이 없다. 이치를 밝히는 것은 몸이다. 이것은 위장의 사고방식이다.'

걱정은 병이고, 모르는 게 약이다

손금을 볼 줄 알던 포병이 기억난다. 원래 벌목꾼이었던 그는 거친 환경에서 살아온 덕에 각종 징후를 재빨리 읽어내는 데에 능숙했다. 손금은 아마 다른 점술가를 흉내 내 읽기 시작한 모양이었다. 우리가 눈빛이나 표정의 주름을 읽듯이, 그는 손금을 보고 사람들의 생각을 맞췄다. 그는 클레르 셴*숲속에 촛불을 밝혀 손금 볼 자리를 제법 위엄 있게 차려놓고 의뢰인에게 이런저런 성격 풀이를 해주었다. 그의 풀이는 종종 정확했고 늘 신중했다. 또 가까운 장래나 먼 훗날 일을 예언

---

* 제1차 세계대전의 진지로, 알랭은 이곳에서 포병 장교로 1년 동안 근무했다. —옮긴이

40

하기도 했는데 듣는 사람은 웃음기 하나 없었다.

시간이 흘러 나는 그의 예언 중 하나가 적중한 것을 봤는데, 기억에 뭔가를 덧붙여서 생각했던 것 같다. 왜냐하면 예언이 실현되는지를 살펴보는 일이 재미있었기 때문이다. 나는 이 일을 통해 다시 한번 조심해야겠다고 다짐하고 늘 지향하는 신중한 마음가짐을 굳건히 했다. 그래서 이후로는 그 포병이나 다른 누구에게도 손금을 보이지 않았다. 신탁을 들으러 갈 생각이 전혀 없을 때는 그것을 불신할 수 있는 힘이 있지만, 일단 신탁을 들으면 약간의 믿음이 생겨나기 마련이다. 그러므로 기독교 혁명을 알리는 '신탁 시대의 종말'은 가벼이 볼 사건이 아니다.

그리스 철학자 탈레스, 비아스, 데모크리토스[5] 및 여타 다른 유명한 고대의 노인들도 아마 머리카락이 빠지기 시작할 나이부터는 혈압이 좋지 않았을 것이다. 그들은 이 사실을 몰랐겠지만, 모르는 게 퍽 잘된 일이었다. 테바이드의 은자들*은 더 운이 좋았다. 죽음을 두려워하지 않고 오히려 갈망함으로써 매우 장수했으니 말이다. 우리가 만일 '걱정'과 '두려움'을 생리학적으로 자세히 연구했더라면, 이것이 질병을 키우고 질환의 진행을 가속하는 또 다른 종류의 병임을 알 수 있었을 것이다. 그래서 자신이

＊ 박해를 피해 고대 이집트의 한 지방인 테바이드에 숨었던 최초의 그리스도교들. ─옮긴이

병에 걸렸다는 사실을 아는 사람은 그것을 스스로 알아차렸든 의사의 신탁을 들어서 알았든, 두 배로 아프게 된다. 식이요법을 하거나 약을 먹으며 병과 싸워 이기려고도 한다. 그러나 어떤 식이요법이나 약이 두려움을 낫게 해준단 말인가?

고소 공포증은 진짜 병이다. 이 병은 추락하는 사람의 절망적인 몸짓을 모방하려는 데서 비롯되므로 전적으로 상상이 원인이다. 시험을 앞두고 배가 아픈 증상도 마찬가지다. 답을 못할까 봐 걱정하는 마음이 설사를 유발하는 피마자기름만큼이나 강력하게 작용하는 것이다. 그러니 걱정이 계속되면 어떤 사태가 벌어질지 짐작해보라. 신중함에 대해 신중하려면, 두려움이 자연히 병을 더 악화시킨다는 점을 생각할 줄 알아야 한다. 잠을 못 잘까 봐 걱정하는 사람은 잠잘 자세가 안 되어 있다. 배가 아플까 봐 걱정하는 사람은 소화할 준비가 안 되어 있다. 그러므로 병을 흉내 내기보다 건강을 흉내 내야 한다.

이 마음의 운동에 대해서 자세히 밝혀진 바는 없다. 다만 '건강함의 표시는 건강에 적합한 행동과 다르지 않다'라는 명제를 바탕으로 한다면, 건강은 예의 바르고 친절한 몸짓과 결부된다고 할 수 있다. 따라서 나쁜 의사란 환자가 자기 병을 가지고 관심을 끌고 싶을 정도로 호감 있는 의사요, 반대로 좋은 의사란 의례적으로 "잘 지내셨어요?" 하는 질문만 던져놓고 대답은 듣지도 않는 의사다.

행동 뒤에 숨은 이유를 보라

 울고불고하며 도저히 달래지지 않는 아이가 있다. 그러면 보모는 아이가 어째서 이럴까, 무엇을 해줘야 할까 온갖 짐작을 다 해본다. 급기야 대체 누굴 닮아 이러나 떠올리다 보면 아이 아빠의 모습이 겹쳐 보이기도 한다. 이러한 심리학적 시도는 보모가 결국 이 사달의 진짜 원인인 뾰족한 핀을 찾아낼 때까지 계속된다.

 부케팔로스는 소년이던 알렉산더 대왕[6]에게 선보인 명마였다. 그런데 승마술에 능한 자 중에서도 이 사나운 동물의 등에서 버텨내는 사람이 아무도 없었다. 보통 사람이라면 '성질이 더러운 말'이라 그렇다고 치부했을 것이다. 그러나 알렉산더는 진짜 원인인 '핀'을 찾아냈다. 부케팔로스가 자신의 그림자를 무서워한다는 것을 알아챈 것이다. 공포로 인해 펄쩍 뛰면 그림자도 따라서 펄쩍 뛰니 끝없는 악순환이 이어졌다. 알렉산더는 부케팔로스의 머리를 돌려 해를 향하도록 하고 가만히 있게 했다. 그랬더니 비로소 말은 안정을 찾고 긴장을 풀었다. 아리스토텔레스에게서 가르침을 받은 알렉산더는 이처럼 정념의 궁극적 원인을 모르고서는 그것을 장악할 수 없다는 사실을 이미 알고 있던 셈이다.

사람들은 두려움을 이해하고 맞서기 위해 여러 가지 견고한 논리를 펼쳐왔다. 그러나 공포에 질린 사람에게 그런 소리는 들리지 않는 법이다. 심장이 쿵쾅대고 피가 솟구치는 소리만이 들릴 뿐이다. 이치를 따지는 사람은 위험에서 두려움을 추론하고, 감정에 휩쓸리는 사람은 두려움에서 위험을 추론한다. 저마다 자기 논리가 맞기를 바라겠지만 둘 다 잘못됐다. 게다가 이치를 따지는 사람은 한 가지 실수를 더 저지르고 만다. 진짜 원인을 파악하지 못하는 데다 감정에 휩쓸리는 사람의 오류도 이해하지 못하기 때문이다.

공포에 질린 사람은 자기가 실제로 체감하고 있는 이 두려움을 어떻게든 이해하려고 없는 위험을 지어내기도 한다. 물론 약간이라도 깜짝 놀라면 아무런 위험이 없어도 두려운 마음이 들게 되어 있다. 예를 들면 근처에서 난데없이 탕 하는 총성이 들린다거나 생각지도 못한 누군가를 마주칠 때 그렇다. 어둑

한 계단 위에 세워져 있던 조각상이 무서워서 줄행랑을 쳤다는 나폴레옹 시대의 마세나 장군 이야기도 있지 않은가.

어떤 사람이 조급하고 짜증이 나 있다면, 너무 오래 서 있었기 때문일 수 있다. 그런 사람에게는 기분을 헤아리려 하지 말고 앉을 자리를 권하자. 프랑스의 외교관 탈레랑은 "매너가 전부"라고 말했다. 여기에 생각보다 더 심오한 교훈이 담겨 있음을 그는 몰랐을 것이다. 탈레랑은 상대방이 불편한 점은 없을까 염려하여 혹시 어딘가에 '핀'이 있지는 않은지 살폈고 결국 그것을 발견했다.

오늘날의 외교관들은 저마다 옷 속에 잘못 꽂힌 핀과 같은 것을 가진 탓에 유럽의 골칫거리를 만들어내고 있다. 게다가 한 명이 울면 다른 아기들도 따라 운다는 건 누구나 아는 사실이다. 울겠다고 울기 시작하면 더 큰일이다. 이때 보모들은 익숙한 몸놀림으로 아기를 딱 엎드려놓는다. 그러면 즉시 신체의 움직임이 달라지고 분위기가 전환된다. 이것이 힘들이지 않고도 설득하는 기술이다.

나는 제1차 세계대전이라는 재앙 또한 국제정세의 주요 인물들이 모두 놀라서 벌어진 일이라고 본다. 놀란 탓에 공포에 휩싸인 것이다. 사람이 무서움을 느끼면 머지않아 화가 나고, 감정이 격해지면 신경질이 난다. 여가와 휴식을 즐기던 사람이 갑자기 호출을 당하면 호의적인 분위기를 기대할 수 없다. 그런 일이 반복되면 나중엔 돌변하기 마련이다. 깜짝 놀라서 급히 깬 사람처럼 지나치게 각성하게 된다. 그러니 사람이 나쁘다고, 사람의 성격이 원래 그렇다고 말하지는 말자. 다만 어딘가에 있을 '핀'을 찾아보기를.

상상이 증상을 부른다

가벼운 사고로 찢어진 얼굴을 꿰매는 상황을 생각해보자. 병원의 시술 도구들 사이에는 기운이 떨어진 환자를 위한 럼주 한 잔이 으레 놓여 있다. 그런데 럼주를 마시는 사람은 대개 환자가 아니라, 자기도 모르게 얼굴이 창백해지고 정신을 잃을 듯이 보이는 보호자다. 이 점으로 미루어보면, 모럴리스트의 말과는 반대로 우리에게는 타인의 불행을 참고 견딜 만한 충분한 힘이 없음을 알게 된다.

이 예시에서 우리는 자신의 견해와 전혀 상관없이 떠오르는 일종의 연민을 만난다. 눈앞에서 피가 흐르고 둥글게 휜 바늘이 피부를 찌르는 광경을 보면, 마치 내 피가 멎고 내 피부가 단단해지는 것 같은 공포가 온몸으로 퍼져나간다. 이러한 상상의 효과는 사고思考의 힘으로도 물리칠 수 없다. 이 상상은 사고로 하는 것이 아니기 때문이다. 저것은 내 피부에 난 상처가 아니라고, 이성적으로 따진다면 쉽게 알 수 있는 일이다. 그러나 이 상황에서는 이성도 아무런 작용을 하지 못한다. 그보다는 럼주를 마시는 편이 훨씬 설득력 있다.

이로부터 깨달은 사실이 있다. 우리와 함께 살아가는 사람들은 그 존재 자체만으로도 그리고 그들이 보이는 감정과 정념의 표현만으로도 우리에게 거대한 힘을 미친다는 사실이다. 연민과 공포, 분노, 눈물 등은 우리가 뭔가를 목격하고서 그것에 의식적으로 관심을 기울이기도 전에 나타난다. 피가 흐르는 끔찍한 상처를 본 목격자는 얼굴빛이 바뀌고, 그 얼굴을 보는 주변 사람에게 공포를 전달한다. 그러면 그 사람은 무엇 때문인지 알기도 전에 이미 숨쉬기가 거북해진다. 본 것을 아무리 잘 묘사한다 해도 감정이 고스란히 나타난 이 얼굴만큼 생생할 수는 없으리라.

표정이 주는 충격은 직접적이고도 즉각적이다. 따라서 상대방의 입장이 되어 생각했기 때문에 그 사람에게 연민의 감정이 생겨났을 것이라고 한다면 이는 대단히 잘못된 설명이다. 그런 생각이 들었을 때는 이미 연민이 생기고 난 후다. 우리는 상대방을 모방하고, 그로써 몸은 그 고통을 받아들일 준비를 한다. 그렇게 해서 우선 알 수 없는 불안이 생겨난다. 그 불안을 두고 우리는 마치 병처럼 찾아온 이 마음의 동요는 무엇일까 하고 의

아해한다.

현기증도 이와 비슷하게 설명할 수 있다. 깊은 구덩이 앞에 서면 자칫 떨어질 것 같은 생각이 든다. 난간을 잡으면 안전할 까 싶지만, 여전히 발끝부터 머리끝까지 스치는 현기증은 덜 어지지 않는다. 상상의 효과는 언제나 몸에 처음 나타난다. 나는 사형장에 간 꿈을 꾼 사람의 이야기를 들은 적이 있다. 사형 집행 이 임박한 순간이었는데도 그는 사형당할 사람이 자기인지 남 인지 몰랐고, 또 그에 대해 물을 생각도 없었다고 한다. 다만 목 덜미에 아픔이 느껴졌을 뿐이라고 했다. 감정을 느끼지 않는 순수한 상상이란 이런 것이다.

육체에서 분리된 정신은 언제나 관대하고 감수성이 풍부하 다고 여기기 쉬우나 실은 그와 반대로 늘 무미건조한 듯이 보 인다. 그보다는 살아 있는 육체, 생각으로 인해 고통받지만 행동으로 스스로 치유되는 육체가 훨씬 아름답다. 물론 혼란이 없지는 않지만, 참다운 사유는 논리적 어려움을 넘어 다른 여러 요소들도 극복해야 한다. 그러한 혼란의 여운은 사고를 아름답게 만든 다. 사고라는 영웅의 분투 속에서 몸이 맡은 역할은 은유이다.

상상 속에서 비극을 반복하지 마라

상상력은 옛 중국의 망나니보다 더 잔인할 수 있다. 상상력은 이런저런 것을 조합해 공포를 만들어내고, 그것을 우리에게 음미하듯 맛보게 한다. 현실 세계에서는 끔찍한 사고가 한번 발생하면 그걸로 끝이지만, 상상 속에서는 그 일이 반복된다. 어떤 사람이 차와 충돌했다면, 그는 바로 직전까지만 해도 지금 우리와 마찬가지로 그런 일에 대해서는 전혀 생각지 않았을 것이다. '어떤 보행자가 차에 치여 20미터를 날아가 즉사했다.' 참사는 그걸로 끝난다. 도입도 없고 이어지는 전개도 없다. 지속성은 오직 머릿속에서 상상으로 되새길 때에만 생겨난다.

그러므로 상상 속에서 내리는 나의 상황 판단은 아주 이상하다. 차에 부딪히는 지점에 서 있으면서도 절대 부딪히지 않으리라 생각한다. 저기서 자동차가 다가오고 있다. 현실에서는 차가 온다고 인지하면 응당 피할 테지만, 나는 피하지 않는다. 왜냐하면 나는 차에 치였던 사람의 역할을 하고 있기 때문이다. 나는 내가 차에 부닥치는 장면을 마치 영화처럼 머릿속에서 재생시킨다. 때로는 느리게 재생하기도 하고 정지시키기도 한다. 이미 천 번이나 죽었지만 나는 여전히 살아 있다.

철학자 파스칼은 말했다. 건강한 사람은 건강하기에 병을 못 참는다고. 병치레를 오래 하다 보면 나중에는 직접적인 통증 말고는 병을 의식하지 않게 된다. 이렇듯 아무리 나쁜 사건이라도 좋은 면이 있게 마련이다. 그런 사건이 일어날까 봐 더는 걱정하지 않아도 되며 실제로도 일어나지 않을 것이기 때문이다. 그래서 새로운 색채의 새 미래로 우리의 시선을 돌려준다. 고통받는 인간은 그 전날 밤만 해도 불행하다고 여겼을 하찮은 상태를 다시 없을 행복이었던 것처럼 여기며 되찾기만을 바라게 된다. 우리는 생각보다 더 현명한 존재이다.

불행한 일은 망나니처럼 빠르게 우리에게 닥쳐온다. 망나니는 머리카락을 자르고 셔츠를 파헤쳐 목덜미를 드러내고 두 손을 묶고 떼민다. 이 일련의 과정은 내게 시간적으로 길게 느껴진다. 왜냐하면 이는 나의 상상이기 때문이다. 내가 장면을 거듭 재생하며 가위가 서걱대는 소리를 듣고 내 팔을 붙든 손들의 감촉을 느끼려 하기 때문이다.

현실에서는 어떤 인상이 떠오르면 그전의 인상은 밀려난다. 그리고 현실의 사형수는 아마도 토막 난 벌레가 느끼는 전율을 느끼고 있을 것이다. 우리는 몸통이 잘린 벌레가 고통스러워할 거라 생각하려 든다. 그런데 그 고통은 벌레의 어느 토막에 있을 것인가?

치매에 걸려 어린애가 된 노인이나 폐인처럼 엉망으로 취한 사람을 보기란 괴로운 일이다. 왜냐하면 그들의 존재가 그대로 있기를 바라는 동시에 그런 모습이 아니기를 바라기 때문이다. 그러나 자연은 제 갈 길을 가는 법이고 그 걸음은 다행히도 돌이킬 수 없다. 모든 새로운 상태는 다음에 올 상태를 가능하게 만들어준다. 당신이 고통을 다 긁어모아 한군데에 둔다고 해도 그것은 시간의 길 위에서 여기저기 흩어진다. 이 순간의 불행이 그다음 순간이 올 자리를 마련해준다. 노인이란 노화를 앓는 젊은이가 아니며, 죽은 사람이란 죽어 있는 산 사람이 아니다.

그래서 살아 있는 자만이 죽음을 맞을 수 있고, 행복한 사람만이 불운의 무게를 느낄 수 있다. 요컨대 우리는 자신의 아픔보다 타인의 아픔에 더 민감할 수 있다. 그것은 위선이 아니다. 바로 거기에서 삶에 관한 그릇된 판단이 생긴다. 그러므로 조심하지 않으면 그릇된 판단이 삶에 해를 끼칠 수 있다. 우리는 비극을 연기하는 대신 참다운 지혜로써 실재하는 현실을 생각하기 위해 온 힘을 다해야 한다.

◌ 사소한 것이 행과 불행을 만들어낸다

발이 아픈 구두를 신으면 종일 불편하듯, 사소한 원인도 기분 좋은 하루를 망칠 수 있다. 그런 날에는 무엇을 해도 재미가 없으며 정신이 없어서 판단력도 흐려진다. 해결 방법은 간단하다. 이런 불행은 옷처럼 벗어버릴 수 있다. 우리도 그 사실을 잘 알고 있다. 원인만 알면 불행은 당장이라도 가벼워질 수 있다.

뾰족한 핀에 찔린 아기는 마치 큰 병에라도 걸린 것처럼 울어젖힌다. 원인도 해결 방법도 모르기 때문이다. 때로는 너무 우는 바람에 상태가 나빠진 탓에 더 크게 울기도 한다. 이것을 우리는 상상의 병이라고 부른다. 병이라고 하는 이유는 이 병이 다른 질병과 마찬가지로 실재하기 때문이다. 또, 이 병이 상상에 의한 것이라고 하는 이유는 외부 요인을 원망하면서도 우리의 내면이 그 병을 붙잡고 있기 때문이다. 우느라 스스로 짜증이 나는 것은 아기들만이 아니다.

사람들은 불쾌감도 일종의 병이라서 어쩔 수 없다고들 말한다. 그래서 앞서 든 예시를 통해 아주 간단한 처치만으로도 금세 고통과 흥분을 가라앉힐 수 있다는 점을 상기시키고자 했다. 아무리 건장한 남자라도 종아리에 쥐가 나면 비명을 지르기도 한다. 이럴 때는 발바닥을 바닥에 대고 힘껏 누르면 금세 괜찮아진다. 눈에 날 벌레나 티끌이 들어갔을 때 눈을 비비면 두세 시간은 고생하지만, 손대지 않고 코끝을 가만히 응시하면 곧 눈물이 나면서 편안해진다. 이렇게 간단한 치료법을 발견한 뒤로 나는 스무 번도 넘게 이 방법을 써보았다. 이처럼 섣불리 주변의 존재나 사물을 탓하지 말고 우선 자신을 돌아보는 것이 현명함의 증거다.

사람들 중에는 유독 불행을 즐기는 것처럼 보이는 이들이 있다. 그런 성향은 미치광이에게서 더 뚜렷하게 나타난다. 그런 것을 보면 인간이 어떤 신비롭고 악마적인 감정을 만들어낼 수도 있음을 알게 된다. 그러나 그것은 상상에 속는 것이다. 자신을 괴롭히는 인간은 대단한 마음의 심연이나 고통에 대한 기호가 있어서 그러는 것이 아니다. 자기 감정의 원인을 모르는 데에서 오는 동요와 흥분 그리고 그 상태를 계속 유지하려는 자기 자신 때문에 괴로워하는 것이다.

말에서 떨어질지도 모른다는 두려움은, 떨어지지 않으려다가 동작이 서툴러지고 소란스러워지면서 생긴다. 게다가 그런 움직임은 말을 겁먹게 만든다. 그래서 나는 스키타이인* 식으로 생각하여 말을 탈 줄 아는 사람은 모든 지혜, 또는 거의 모든 지혜를 지니고 있다는 결론을 내리려 한다.

심지어 떨어질 때도 방법이 있다. 취객은 잘 넘어지려는 생각을 전혀 하지 않으면서도 용케 잘 넘어지고, 소방관은 훈련을 통해 두려움 없이 잘 떨어지는 방법을 알고 있으니 그런 그들의 모습을 보면 감탄이 절로 난다.

우리는 미소를 특별하게 생각하지 않는다. 미소는 기분에 그다지 큰 영향을 미치지 않는 것처럼 보인다. 그래서 미소를 지으려는 노력을 딱히 하지 않는다. 그러나 우리에게 미소를 갖추고 우아한 인사를 하게 하는 예의는 우리를 완전히 변화시킨다. 생리학자는 그 이유를 잘 알고 있다. 그러니까 미소는 하품할 때와 마찬가지로 우리 몸속 깊숙이 내려가면서 목, 폐, 심장을 차례로 풀어준다. 이토록 신속하고 조화롭게 작용하는 치료법은 의사조차도 알지 못할 것이다. 여기에서의 상상은 진정 작용을 통해 우리를 고통에서 구해낸다.

물론 이러한 진정 작용도 상상의 병과 마찬가지로 실재한다.

※　　아시아 서북부 초원지대에 살았던 이란계 유목민족. —옮긴이

게다가 우리는 태평한 척하려고 할 때 곧잘 어깨를 으쓱 올리는데, 이 동작은 폐에 공기를 통하게 하고 심장을 진정시켜준다. 하나뿐이지만 여러 의미가 담긴 심장*을 말이다.

※ 프랑스어 단어 '심장cœur'에는 '마음', '감정', '기분' 등의 여러 가지 뜻이 있다. —옮긴이

근심 걱정이 병을 부른다

과학자는 이렇게 말한다. "나는 수많은 진리를 알고 있으며, 모르는 진리에 대해서도 충분히 추론할 수 있다. 기계가 무엇인지 알고, 작은 부주의로 인해 나사 하나가 튀어나와 전체를 망가뜨릴 수 있다는 것도 안다. 대개는 기술자를 제때 부르지 않아서 생기는 일이다. 그래서 나는 내 몸이라는 이 조립식 기계를 관리하기 위해 시간을 할애한다. 찰과상이 생기거나 삐걱거리는 소리가 나면 즉시 기술자에게 가서 문제 있는 부위를 진찰받는다. 이렇게 해서 나는 데카르트의 가르침에 따라 운명의 시련에서 벗어나 생명을 연장하고, 조상에게서 물려받은 이 기계를 잘 보전했다고 확신한다. 이것이 나의 지혜이다." 하지만 이 학자의 삶은 비참했다.

독서가는 말한다. "나는 무엇이든 맹신하는 이 시대에 삶을 복잡하게 만드는 잘못된 관념을 많이 알고 있다. 이러한 오류 덕분에 현대 학자들이 놓치고 있는 중요한 진리를 배웠다. 내가 읽은 바에 따르면, 상상력은 인간 세계를 지배하는 여왕이다. 위대한 데카르트도 그의 저서 『정념론』에서 상상의 원인에 대해 충분히 설명했다.

예컨대 불안이 한번 일면 내가 그것을 극복한다고 해도 몸속 깊은 곳에서 탈이 나기 마련이다. 뭔가에 놀란 마음은 심장 박동을 바꾸어놓는다. 샐러드 속에 지렁이가 있다고 상상하기만 해도 우리는 속이 울렁거린다. 이 모든 헛된 상상은 내 깊숙한 곳까지 차지하고 혈액의 흐름과 기분을 부지불식간에 바꿔놓는다.

이것은 내 의지로는 어찌할 수 없는 일이다. 물론 내가 삼키고 있는 이 보이지 않는 적의 정체가 무엇이든 간에 그것은 나의 기분을 바꾸거나 상상으로 나타날 뿐이지, 심장이나 창자 속으로 들어올 수는 없다. 우리가 해야 할 첫 번째 행동은 될 수 있는 한 평정을 유지하는 것이다. 두 번째는 우리 몸을 겨냥하고 모든 생체 기능을 어지럽히려는 이 근심을 몰아내는 일이다.

우리는 역사를 통해 자기가 저주에 걸렸다고 죽음에 이른 사람들을 보아오지 않았는가? 또 누군가를 향한 주술이 성공하는 것은 대상이 주술의 사실을 알 때뿐이었다는 것도 보아오지 않았는가? 그러할진대 내가 스스로 주술을 걸지 않고서야 유능한 의사라 한들 내게 무엇을 해줄 수 있겠는가? 의사의 말 한마디면 나의 심장 박동도 바꿔놓을 수 있는데 처방받은 알약에서 무슨 효능을 기대하겠는가?

나는 약에 어떤 희망이 있는지 잘 모르겠다. 반면 약에서 무엇을 우려해야 하는지는 잘 알고 있다. 그러므로 '나'라고 부르는 이 기계에 어떤 이상이 발생했을 때 내게 더 큰 위안을 주는 관념은 이런 것이라고 본다. 거의 모든 장애의 원인은 나의 관심과 걱정 자체이며, 가장 확실한 치료법은 위장이나 콩팥의 통증을 발에 생긴 티눈 이상으로 두려워하지 않는 것이다. 피부 껍질이 조금 굳기만 해도 그렇게나 아플 수 있다는 사실은 인내에 대한 좋은 교훈이 아니겠는가?"

그저 미소만 지어도 가벼워지는 마음

　　　　　나는 불쾌감이 어떤 일의 결과일 뿐만 아니라 원인이기도 하다고 말하고 싶다. 심지어 우리가 앓는 병의 대부분은 예의를 망각한 탓에 걸린 것이라고 생각한다. 즉 인체가 스스로에게 가한 폭력 때문이라는 뜻이다. 내 아버지는 직업상 동물을 자주 관찰했는데, 동물이 사람과 같은 환경에서 살고 사람만큼 힘을 소모해도 질병에 훨씬 덜 걸린다고 놀라워하셨다. 그 이유는 동물에게는 기분이 없기 때문이다. 여기서 기분이란 짜증이나 피로감, 권태 등 우리의 생각으로 유지되는 것을 말한다.

　예를 들어, 자고 싶을 때 잠을 못 자면 생각은 분노가 되고, 이런 불안정한 상태에서는 더욱 잠을 잘 수 없게 된다. 또 다른 경우, 최악의 상황을 염려하느라 불길한 공상으로 불안을 조장하고 그 결과 점점 더 치유될 수 없는 상황에 빠져든다. 우리는 층계를 보기만 해도 상상 때문에 심장이 쪼그라든다. 크게 숨을 들이마셔야 할 때조차도 상상 탓에 숨이 턱 막힌다.

분노는 엄밀히 말해서 기침과 마찬가지로 일종의 병이다. 기침도 짜증의 한 형태라고 볼 수 있다. 원인이 몸의 상태에 달려 있기 때문이다. 그런데 나의 상상력도 기침이 나기를 기대하고 심지어는 추구하기까지 한다. 목구멍을 컥컥대며 가다듬는 것과 마찬가지로, 통증을 자극해서 완화하려는 무모한 생각에서다.

나는 동물들도 상처가 날 때까지 제 몸을 긁을 때가 있다는 사실을 잘 알고 있다. 그러나 단순히 생각만으로 자신을 긁어대고, 또 감히 말하건대 정념만으로도 제 심장을 직접 자극해 혈액의 흐름을 이리저리로 분출시킬 수 있는 것은 인간만이 가진 위험한 특권이다.

정념에 대해 이야기해보자. 정념에서 벗어나고자 하는 사람은 거기서 벗어날 수 없다. 그렇게 하기 위해서는, 명예욕에 이끌리지 않기 위해 명예를 추구하지 않는 현인들처럼 이론적으로 멀리 우회하는 수밖에 없다. 그런데 우리는 슬픔을 체감하는 신체의 변화 때문에 그 슬픔을 간직하려고 한다. 이것만으로도 불쾌감은 우리를 속박하고 질식시키고 목을 조른다.

무료함을 느끼는 사람은 무료함을 유지하기에 좋은 자세로

앉고, 서고, 말한다. 짜증이 나는 사람은 또 다른 어떤 방식에 의해 계속 짜증이 난다. 낙심한 사람은 근육에 힘을 빼고 푹 퍼진다. 그에게 필요한 것은 힘찬 마사지인데도 말이다.

기분에 대응하는 것은 판단력의 역할이 아니다. 판단력으로는 아무 일도 할 수 없다. 우리는 다만 자세를 바꾸고 적절한 움직임을 취해야 한다. 왜냐하면 몸의 운동을 일으키는 근육만이 우리가 제어할 수 있는 유일한 부분이기 때문이다. 미소를 짓거나 어깨를 으쓱 올리는 행위는 근심에 대처하는 방법으로 알려져 있다. 이렇게 대단히 쉬운 행동이 내부 장기의 리듬을 즉시 바꾸어놓는다는 점에 주목하자. 우리는 마음대로 기지개를 켜거나 하품을 할 수 있다. 이것은 불안과 초조감을 떨치는 가장 좋은 체조이다.

그러나 초조한 사람은 이렇듯 태연한 척을 해볼 생각조차 할 수 없을 것이다. 마찬가지로 불면증으로 고생하는 사람도 잠자는 시늉을 해야 한다는 생각을 미처 하지 못할 것이다. 반대로 기분이라는 것은 스스로에게 그 자신을 보여주기 때문에 계속 유지된다.

달리 지혜가 없는 우리는 예의를 지향하고 의무적으로 미소를 짓기 위해 애써야 한다. 우리가 만사에 초연한 성격을 가진 사람들을 좋아하는 이유도 여기에 있다.

기쁨을 과소평가하지도,
슬픔을 부풀리지도 않고

새해를 맞아, 태양이 가장 높이 떠올랐다가 다시 가장 낮게 내려오는 이 한 해 동안 당신에게 기원하는 바가 있다. 모든 것이 점점 더 나빠질 거라고 말하거나 생각하지 않기를 바란다. 우리가 문제 삼는 '황금만능주의, 쾌락 추구, 의무 망각, 젊은이들의 오만, 전대미문의 흉악범죄, 풍기 문란, 이상 기후' 등은 사실 인간사와 함께 늘 반복되어온 말이다. 이는 그저 '내 소화 기능과 즐거움이 스무 살 때 같지 않다'는 의미일 뿐이다.

이런 불평이 우리 경험을 표현하는 한 방식이라 해도, 우리는 이 말들을 병자가 고통을 견디듯 감내하게 된다. 그런데 말은 그 자체로 상상 이상의 힘을 갖고 있다. 말은 슬픔을 부풀리고 확대하며 모든 것에 슬픔의 외투를 입힌다. 그래서 결과와 원인을 뒤바꿔놓는다. 마치 어린이가 친구를 사자나 곰으로 꾸며놓고 무서워하는 것과 같다.

누군가 슬픔에 빠져 집을 장례식장처럼 꾸민다면 더 슬퍼질 수밖에 없다. 모든 물건이 고통을 상기시키기 때문이다. 우리가 우울해하며 사람들을 어둡게 그리고 세상을 무질서하게 묘사한다면, 그 그림이 이번에는 우리를 절망으로 몰아넣을 것이다. 영리한 사람일수록 자기 논리에 속아 넘어가기 쉽다. 잘못된 주장도 맥락상 그럴듯해 보이기 때문이다.

가장 나쁜 점은 이 병이 전염된다는 것이다. 마치 정신의 콜레라처럼 말이다. 내가 아는 어떤 이 앞에서는 공무원들이 예전보다 더 정직하고 부지런하다는 말을 꺼낼 수 없다. 자기 감정에 휩싸인 사람들은 웅변술이 뛰어나 청중들을 설득해 자기편으로 만든다. 공정을 지키려는 사람은 바보 취급을 받거나 악역을 맡게 된다. 이렇게 그들의 불평은 이론이 되고, 모두가 지켜야 할 예의의 일부가 된다.

어제 한 실내장식업자가 대화를 시작하며 무심코 이렇게 말했다. "날씨가 이상해요. 지금이 겨울이라고 누가 믿겠어요? 여름 같아요. 이젠 계절도 구분이 안 돼요." 아마 그는 무더웠던 작년 여름에도 비슷한 말을 했을 것이다. 하지만 관행적인 말은 사실보다 더 강력하다. 인테리어업자를 비웃기 전에 자신부터 의심해야 한다. 모든 일이 1911년의 무더운 여름처럼 명확하고 실제적으로 기억되는 것은 아니기 때문이다.

나의 결론은 이렇다. 기쁨은 젊어서 권위가 없고, 슬픔은 왕좌를 차지해 과도한 존경을 받는다. 그러므로 슬픔에 저항해야 한다. 단순히 기쁨이 더 좋아서가 아니다. 물론 그것도 이유가 되지만, 더 중요한 건 공정해야 하기 때문이다. 언제나 선동적이고 거만한 슬픔은 우리가 공정해지기를 바라지 않는다.

일단 태도를 부드럽게 해보라

지극히 평범한 사람이라도 불행을 흉내 내는 순간 위대한 배우가 된다. 마음을 졸이는 사람은 두 손으로 자기 가슴팍을 더욱 조여서 온몸의 근육을 긴장시킨다. 적은 어디에서도 보이지 않지만 이를 악물고 가슴을 무장하고 허공에 주먹을 쥐어 보인다. 이런 요란스러운 동작은 외부에 내보이지 않더라도 몸 내부에서 그대로 형상화되며 그 때문에 더 강력한 힘을 발휘한다는 사실을 알아야 한다.

우리는 잠이 오지 않을 때면 매번 똑같은 생각이, 그것도 으레 불쾌한 생각이 맴돈다는 사실에 놀라곤 한다. 그런데 이 불쾌한 생각을 불러일으키는 것은 내면에 형상화된 모방이라고 봐도 무방하다. 모든 질병과 정신적인 문제에 초기에 대응하기 위해서는 스트레칭을 하고 체조를 해야 한다. 시도해본 사람은 많지 않겠지만 나는 이 치료법만으로 충분하다고 생각한다.

예의라는 관습은 사람의 사고에 커다란 영향을 미친다. 기분이 좋지 않거나 심지어는 배가 아플 때도 상냥함, 친절함, 기쁨 등을 따라 하면 적지 않은 효과가 있다. 공손히 허리를 숙이고 미소 짓는 행동은 그 반대 감정인 분노, 불신, 비탄을 불가능하게 하는 장점이 있다. 그렇기 때문에 우리가 사람들과 어울리는 모임, 축하 행사, 축제 등을 그토록 사랑하는 것이다. 행복을 흉내 낼 기회이기 때문이다. 이러한 일종의 희극은 우리를 비극으로부터 해방시켜준다. 이것은 대단한 일이다.

종교적인 태도는 의사도 고찰해볼 만한 가치가 있다. 무릎을 꿇고 몸을 숙인 채 이완한 자세는 장기를 편안하게 하고 생체 기능을 더 활발하게 만든다. "고개를 숙이라, 오만한 시캄브리인이여."* 이 말은 결코 분노나 오만을 버리라고 요구하는 것이 아니다. 다만 우선 침묵하고, 눈을 쉬게 하고, 태도를 부드럽게 하라는 말이다. 이 방법을 통해 폭력적인 성격은 모두 지워진다. 물론 그것이 오래, 영원히 지속되는 것은 아니다. 그것은 우리의 역량을 벗어나는 일이다. 다만 일시에, 잠시 동안만 그렇게

---

* 대주교 생 레미Saint Remigius가 로마 가톨릭으로 개종한 프랑크 왕 클로비스 1세Clovis I에게 세례를 해주며 한 말. 시캄브리는 고대 게르마니아의 호전적 종족이다. ─옮긴이

된다. 여러 가지 종교적 기적은 사실 기적이 아니다.

성가신 생각을 쫓아내려는 사람의 행동을 보면 도움이 된다. 그는 마치 근육을 푸는 것처럼 어깨를 으쓱거리고 가슴을 툭툭 턴다. 다른 지각과 공상으로 생각을 환기하려는 듯 고개를 둥글게 돌린다. 근심을 자유로이 멀리 내던지는 몸짓을 하고 손가락 마디를 꺾는다. 이것은 춤의 시작과도 같다. 이때 만일 다윗의 하프 소리가 그를 사로잡아 몸동작을 조절하고 진정시킨다면 모든 분노와 조급한 마음은 멀어지고, 생각에 시달리던 사람은 곧 치유될 것이다.

나는 난처해하는 사람이 취하는 동작을 좋아한다. 이럴 때 사람들은 귀 뒤의 머리칼을 긁적인다. 그런데 이 행위의 효용은 돌이나 창을 던지는 가장 사나운 행동을 무마하고 관심을 돌리는 데 있다. 인간을 구제하는 시늉과 사람을 이끌리게 하는 몸짓은 아주 흡사하다.

묵주도 경탄할 만한 발명품이다. 헤아리는 일에 생각과 손가락을 모두 집중시킨다. 현명한 사람의 비밀은 이보다 훨씬 훌륭하다. 의지는 정념에 대해서는 아무런 힘을 쓸 수 없지만 행동은 직접 다스릴 수 있다고 하였으니 말이다. 바이올린을 어떻게 켜는지 따지기보다는 손에 들고 직접 켜보는 편이 훨씬 낫다.

하품으로 생각을 달아나게 하라

      난롯가 한편에 있던 개가 하품을 하면 그것을 본 사냥꾼들은 걱정거리는 내일로 미뤄야겠다고 생각한다. 주변을 아랑곳하지 않고 무심히 기지개를 켜는 이 생명력을 보고 있자면 흐뭇해서 따라 하지 않을 수 없다. 그래서 그 자리에 있던 자는 누구나 기지개를 켜고 하품을 하게 되어 있다. 이것은 수면의 전주곡이다. 하품은 피로하다는 신호가 아니다. 몸속 깊숙이 공기를 순환시킴으로써, 집중하고 분투했던 정신에게 주는 휴가이다. 자연은 이 힘찬 재생 행위를 통해, 우리가 살아 있음에 만족할 뿐이제 생각하는 일을 그만둘 때임을 알린다.

    누구나 알듯이 긴장하고 놀라면 숨이 멎는다. 이 현상에 대해서는 생리학이 밝혀주는 바를 참고하면 의심의 여지가 없다. 즉 흉곽을 감싼 힘센 근육은 방어기제가 작동하면 수축하고 마비된다. 항복의 표시로 두 팔을 위로 쭉 뻗는 동작이 가슴의 긴장을 풀어주는 가장 효율적인 방법이라는 사실은 주목할 만하다. 이는 크게 하품을 하기에 가장 좋은 자세이기도 하다. 이러한 사실로 미루어 보면, 사소한 걱정거리가 어떻게 우리 심장을—말 그대로—조이는지, 어떻게 떠올리는 것만으로도 가슴이 답답해지고 불안을 유발하는지도 이해할 수 있다.

불안은 기대의 자매다. 아무리 사소한 일이라도 일단 기다리면 불안하기 때문이다. 이와 같은 괴로운 상태에 이르면 곧 자기 자신에 대한 분노인 초조감이 생긴다. 이래서는 절대 편안해질 수 없다. 의식儀式이라는 것은 이러한 모든 종류의 구속으로 이루어져 있다. 여기에서 생겨난 권태는 모두에게 전염된다. 그런데 하품은 이런 전염성 있는 의식을 치유하는 전염성 있는 치료법이다. 건강을 되찾는 생명의 보상인 하품이 옮는다는 것은, 엄숙함을 내려놓고 무관심을 공표한다는 의미다. 이것은 모두가 고대하던 대열 이탈의 신호다. 이와 같은 안락함을 거부할 사람은 없다.

웃음과 흐느낌은 하품과 같은 종류이긴 하지만 더 소극적이고 억눌린 해결책이다. 우리는 거기에서 하나는 붙잡아두고자 하고, 다른 하나는 풀어놓으려는 두 생각 사이의 투쟁을 볼 수 있다. 이와는 달리 하품은 붙잡아두려는 생각과 풀어놓으려는 생각

모두를 달아나게 한다. 그러니까 하품이라는 생명의 쾌적함이 그런 생각을 일소해버리는 것이다. 신경성이라는 이름으로 불리는, 생각을 원인으로 하는 여러 종류의 병에 있어서 하품은 언제나 좋은 징후이다.

나는 그뿐 아니라 하품은 그것이 예고하는 수면과 마찬가지로 모든 병에 효과가 있다고 생각한다. 그리고 이는 생각이 언제나 질병에 커다란 영향을 미친다는 증거이다. 혀를 깨물 때*의 고통을 생각해보면 조금도 놀랄 일이 아니다. 혀를 깨문다는 표현이 비유적으로 의미하는 바는, 회한이라 불리는 후회의 감정이 실제로 상처를 입히는 데까지 이를 수 있다는 것이다. 이와 반대로 하품에는 아무런 위험도 없다.

※   방금 한 말을 후회한다는 의미의 관용 표현. ─옮긴이

자신에게 집중하지 말고,
다만 멀리 보라

　　우울증 환자에게 내가 해줄 말은 하나이다. "멀리 보라." 우울증을 앓는 환자들은 대부분 책을 너무 많이 읽는 사람들이었다. 인간의 눈은 책을 보는 거리 정도만 보도록 만들어지지 않았다. 눈은 넓은 곳을 바라보아야 편안함을 느낀다. 별이나 바다의 수평선을 바라보면 눈은 곧 편안해진다. 눈이 편안하면 머리도 자유로워지고 내딛는 걸음에도 자신이 생긴다. 또한 몸 전체가 가뿐하고 뱃속까지 편안해진다. 그렇다고 해서 억지로 몸을 풀려고 하지는 말기를 바란다. 자신에게 지나치게 집중하면 모든 것이 어색해져서 결국은 숨이 막히게 된다. 자신을 생각하지 말라. 대신 멀리 보라.

　우울증이 질병임은 틀림없다. 그래서 의사도 때로는 원인을 짐작해 처방을 내릴 수 있다. 그런데 처방을 따르려 하면 모든 주의가 육체에 쏠린다. 그리고 의사의 말을 지켜야 한다는 걱정이 처방의 효과를 망쳐버린다. 그래서 현명한 의사는 환자를 철학자에게 상담받도록 권한다. 그런데 환자가 그 말을 듣고 철학자에게 달려가면 어떤 사람을 마주하게 되는가? 지나치게 많이 읽고 시야가 좁으며 환자보다도 음울한 인간이 앉아 있는 것이다.

국가는 의과대학처럼 지혜의 학교도 운영해야 한다. 이 학교에서는 사물에 대한 깊은 통찰과 우주만큼 광대한 시詩를 가르쳐야 한다. 넓은 수평선을 볼 때 눈이 편안해지는 것처럼, 이 학교는 우리에게 큰 진실을 가르쳐줄 것이다.

우리는 생각에 얽매인 몸을 해방시켜 우주라는 본래의 고향으로 돌려보내야 한다. 인간의 운명과 신체 기능은 깊은 관련이 있다. 동물은 안전하다고 느끼면 곧바로 누워 잠든다. 하지만 인간은 생각에 빠진다. 만약 그 생각이 동물적인 수준에 머문다면, 정말 안타까운 일이다.

인간은 생각에 빠짐으로써 자기의 불행과 결핍을 더 키운다. 절망과 희망 사이를 오간다. 그러다 보면 상상력의 놀음에 휘둘린 육체는 계속해서 긴장하고 동요하고 솟구쳤다가 수그러들기를 반복한다. 또, 자기 주변의 사물과 사람을 계속해서 의심하고 살핀다. 그러다가 생각에서 해방되고자 한다는 일이 책이라는 더욱 닫힌 세계로 들어가는 것이다. 그 세계는 눈에 너무 가깝고, 정념과도 너무 가깝다. 생각은 스스로 감옥을 만들고 몸은 그곳에서 고통받는다. 사고가 좁아진다는 말은 육체가 자기 자신을 괴롭힌다는 말과 같기 때문이다.

야심가는 끊임없이 연설을 되풀이하고, 연인은 기도를 수없이 반복한다. 몸을 편안하게 하려면 생각에게 여행을 시키고 먼 곳을 바라볼 기회를 줘야 한다.

과학이 우리를 그곳으로 인도할 수 있다. 하지만 그 과학은 야심 없고, 말수 적고, 조급하지 않아야 한다. 책을 내려놓고 수평선처럼 먼 곳을 바라보게 하는 과학이어야 한다. 이는 사물을 관찰하고 여행하는 것과 같다. 한 대상과 자신의 관계를 깨달으면, 다른 모든 것과의 관계도 이해하게 된다.

진정한 지식은 눈앞의 작은 것에 머물지 않는다. 안다는 것은 작은 것들이 전체와 어떻게 연결되는지 이해하는 것이다. 어떤 것도 혼자서는 존재 이유가 없다.

자신에 대해 지나치게 생각하는 우리를 벗어나게 하는 것은 몸의 움직임이다. 이는 정신과 눈 모두에 좋다. 이렇게 하면 우리의 생각은 우주라는 본래의 영역에서 쉬게 되고, 모든 것과 연결된 몸의 삶과 조화를 이룬다. "천국은 나의 조국"이라는 기독교인의 말은 생각보다 더 의미 있다. 멀리 보라.

2장

긍정

어둠에서 벗어나 밝은 쪽으로

누구도 선택하지 않는다.
우리는 모두 그저 나아가고 있으며
모든 길은 다 옳다.

긍정肯定: 그러하다고 생각하여 옳다고 인정함

희망이 희망의 이유를 만든다

자신을 쥐어뜯는 행위는 감정이 최고로 격앙된 단계이다. 그것은 불행을 자초하는 행위이며 자기 복수를 자기에게 저지르는 것이다. 어린아이는 처음에 이 방법을 사용한다. 아이는 울겠다고 운다. 화가 난다며 짜증을 내고, 달래지지 않겠다고 다짐함으로써 조금 달래진다. 그러니까, 삐진 것이다.

이런 경우 사람들은 자기가 사랑하는 이들을 괴롭혀 자신에게 이중으로 벌을 가한다. 자신을 혼내주기 위해 사랑하는 이들을 혼내준다. 모르는 것이 부끄러워서 다시는 책을 읽지 않겠다고 맹세한다. 고집부리기를 고집한다. 분에 못 이겨 기침을 해댄다. 기억을 더듬어 상처를 찾는다. 혼자서 뾰족하게 날을 세운다. 비극을 연기하는 배우처럼 상처와 모욕을 주는 말을 자신에게 되풀이한다. 최악의 것이 진실이라는 원칙으로 모든 것을 생각한다. 나쁜 사람이 되기 위해 나쁜 사람처럼 행동한다. 성의 없이 도전하고 실패하면 이렇게 말한다. "이럴 줄 알았어. 재수가 없으려니."

짜증이 난 얼굴로 돌아다니고 남들을 지겨워한다. 남의 기분을 한껏 망쳐놓고 왜 자신을 싫어하는지 어이없어한다. 화가 나서 잠을 청한다. 모든 즐거움을 의심한다. 매사에 시무룩한 표정을 지으며 매사에 반대하고 나선다. 불쾌하다며 불쾌해한다. 이런 상태에서 자신을 판단한다. '나는 소심하다. 나는 서투르다. 나는 기억력이 나쁘다. 나는 나이가 들었다.' 그러고는 일부러 못생긴 얼굴을 하고 거울에 비친 모습을 본다. 이 모든 것이 불쾌감의 덫이다.

사실 추위를 견디는 방법은 하나뿐이다. 추위를 마땅히 여기는 것이다. 기쁨에 통달한 스피노자의 말처럼, "따뜻해져서 만족스러운 게 아니라 만족스러워서 따뜻해진 것"이다. 마찬가지로 우리는 언제나 이렇게 생각해야 한다. "나는 성공했기 때문에 만족하는 것이 아니라 만족하기 때문에 성공한 것이다." 우리가 기쁨을 구하고자 한다면 우선 기쁨을 축적해두어야 한다. 받기 전에 감사부터 하라. 희망은 희망의 이유를 만들어주고 좋은 징조는 좋은 일을 불러오기 때문이다. 따라서 모든 것이 좋은 징조, 긍정적인 신호여야 한다.

철학자 에픽테토스[7]는 이렇게 말했다. "까마귀의 울음소리도 그대의 마음에 따라 좋은 징조가 될 수 있다." 단순히 만사에서 기쁨을 찾아야 한다는 말이 아니다. 밝은 희망은 앞으로의 일에 변화를 주기 때문에 모든 것을 현실의 기쁨으로 만든다는 의미이다. 성가신 사람을 만나면 먼저 웃어라. 잠을 자고 싶으면 잘 수 있다고 믿어라. 요컨대 누구나 이 세상에서 만나는 가장 무서운 적은 바로 자기 자신이다.

위에서 나는 일종의 미치광이를 묘사했다. 하지만 미치광이란 누구에게나 있는 오류가 확대되어 나타난 존재에 불과하다. 불쾌감을 나타내는 아주 사소한 행동에도 피해망상이 압축되어 있다. 나는 이런 종류의 광증이 우리의 반응을 지배하는 신경 기관에 난 미미한 상처에서 기인함을 부정하지 않는다. 모든 신경 증상은 결국 자국을 내고야 만다. 다만 나는 미치광이들에게서 우리가 배울 점은 무엇인지 생각해볼 뿐이다.

운명을 쉽게 단정짓지 마라

      세상만사가 인과관계로 엮여 있다는 사실을 이해하지 못하는 한, 우리는 미래에 대한 걱정에 시달릴 것이다. 꿈이나 점쟁이의 말은 우리의 희망을 꺼트린다. 징조라는 것은 세상 곳곳에서 발견할 수 있다. 그것은 신학적 관념과 같다.

  잘 알려진 우화가 있다. 한 시인이 집이 무너져 죽을 것이라는 예언을 들었다. 그래서 밤하늘의 별들 아래서 밤을 지새우기로 했다. 그러나 신들은 그를 그냥 내버려두지 않았다. 독수리 한 마리가 시인의 대머리를 돌로 착각하고 그 위에 거북을 떨어뜨린 것이다. 또 이런 이야기도 있다. 한 왕자가 사자에게 잡아먹힐 것이라는 신탁을 받았다. 그래서 시녀들에게 왕자의 거처를 지키도록 했다. 그런데 왕자는 벽에 걸린 태피스트리 그림 속 사자를 보고 광분하여 주먹질을 하다가, 잘못 튀어나온 못에 상처를 입었고 결국 파상풍으로 죽고 말았다.

이런 이야기들은 예정설의 모태가 되었으며 후에 신학자들은 이것을 교리에 도입했다. 즉 사람이 무엇을 하든지 저마다의 운명은 정해져 있다는 것이다. 과학을 완전히 벗어난 이야기이다. 이 숙명론은 결국 '원인이 무엇이건 간에 파생되는 결과는 같다'라는 말이 되기 때문이다. 그런데 우리는 원인이 다르면 결과도 달라진다는 것을 알고 있다. 또 우리는 다음의 논증을 통해 이 피할 수 없는 미래라는 환영을 무너뜨릴 수 있다. 만일 내가 몇 날 몇 시에 벽에 깔릴 것이라는 사실을 알고 있다고 가정해보자. 나는 이 사실을 알고 있으므로 이 예언을 완전히 깨뜨릴 수 있다. 우리는 이미 이렇게 살아가고 있다. 우리는 불행을 예견함으로써 매 순간 그 불행을 모면한다. 그렇게 함으로써 우리가 예견한 일은 당연히 일어나지 않는다. 내가 길 한복판에 서 있다면 저 자동차는 나를 칠 것이다. 하지만 나는 그곳에 서 있지 않을 것이다.

그렇다면 왜 사람들은 운명을 믿을 수 밖에 없는가? 주로 두 가지 이유가 있다. 우선, 우리가 두려워하는 불행 속으로 우리를 내던지곤 하는 공포 때문이다. 예를 들어, 자동차에 치일 것이라는 예언을 들었고, 마침 그와 같은 위험한 상황에 처했을 때 그 예언을 떠올린다면, 그것만으로도 우리는 제대로 된 행동을 하지 못하게 된다. 그 순간에 합당하게 피해야겠다는 생각을 하면 행동은 즉시 뒤따르게 되어 있다. 반면 여기에서 움직이지 못하겠다고 생각하면 같은 방식으로 몸이 얼어붙는다. 이것은 현기증의 일종인데 점쟁이들은 이것으로 재산을 불린다.

둘째, 우리의 정념과 악덕 또한 어떤 수를 써서라도 운명을 믿게 만든다. 우리는 노름꾼이 노름질하리라는 것과 구두쇠가 저축하리라는 것, 야심가가 술수를 부리리라는 것을 예언할 수 있다. 점을 보러 가지 않더라도 우리는 '나는 원래 그래. 어쩔 수가 없어'라는 말로 자신에게 일종의 저주를 내린다. 이 또한 현기증이다. 이런 말로써 예언은 실현된다.

만일 우리가 우리를 둘러싼 끊임 없는 변화를 안다면, 즉 얼마나 다양한 사소한 요인이 계속해서 생겼다 사라지는지를 안다면, 그것만으로도 우리는 자신의 운명을 쉽게 단정짓지 않을 것이다. 점잖은 책은 아니지만『질 블라스 이야기』*를 읽어보기를 권한다. 이 책에서 우리는 행운도 불운도 신뢰해서는 안 되며, 다만 배 바닥에 실린 무게추를 버리고 바람을 타야 한다는 가르침을 얻을 수 있다. 우리가 저지른 실수는 우리보다 먼저 사라진다. 그것을 미이라로 만들어 소중히 간직하지 말자.

＊　『L'Histoire de Gil Blas de Santillane』, 18세기 프랑스 작가 르사주Alain-Rene Lesage의 풍속 소설. ─옮긴이

경험을 내 것으로 만들어라

인간의 자원은 자신의 의지에서만 찾을 수 있다. 불굴의 의지, 정신력은 결과로 입증된다. 헤라클레스는 그 증명을 스스로에게 해 보였다. 그러다 자신이 노예라고 믿게 된 어느 날, 그는 비참한 삶보다 영광스러운 죽음을 택하고자 했다. 이 신화는 더할 나위 없이 아름답다. 나는 어린이들에게 외부의 힘을 극복하는 방법을 가르치기 위해 헤라클레스의 열두 과업※을 외우도록 하면 좋겠다고 생각한다. 왜냐하면 이것이야말로 진실로 산다는 것이기 때문이고, 반면 어려움을 피하고 안전

※ 괴물과 싸워 이기거나 보물을 구하는 등 헤라클레스는 델포이 신탁이 부과한 열두 과업을 완수한다. ─옮긴이

만을 추구하는 비겁한 선택은 결국 오랫동안 천천히 죽어가는 행위와 다를 바 없기 때문이다. 이는 노예의 삶을 자처하는 것과 같다.

나는 극복하면서 반성하는 청년을 좋아한다. 또, 잘못된 길로 접어들었을 때는 우선 "내가 잘못했군" 하고 말하면서 자신의 잘못을 탐색하며 진심으로 괴로워하는 청년을 좋아한다. 그러나 언제나 외부 사정과 주변 사람들에게서 핑계를 찾으려 하는 이 사람 형상을 한 자동기계는 어떻게 하면 좋겠는가? 자동기계에는 기쁨 같은 것이 없다. 왜냐하면 주위의 사정이나 사람들이 이 불행한 자를 거들떠보지도 않을 것이 뻔하기 때문이다. 따라서 그의 생각은 이 추운 겨울날의 나뭇잎처럼 바람에 날아가게 마련이다. 외부에서 변명을 찾는 사람은 절대로 만족하지 못하지만, 그와는 달리 자기의 잘못을 솔직하게 인정하고 "내가 정말 어리석었어"라고 말하는 사람은 그 경험을 제 것으로 소화하여 굳세고 쾌활해진다. 나는 이에 감탄할 따름이다.

경험에는 두 종류가 있다. 하나는 마음을 무겁게 하고, 다른 하나는 가볍게 한다. 마찬가지로 사냥꾼에도 침울한 사냥꾼과 쾌활한 사냥꾼이 있다. 침울한 사냥꾼은 토끼를 놓치면 '내가 그렇지 뭐' 하고는 곧이어 "이런 일은 나한테만 일어난다니까" 하고 말한다. 쾌활한 사냥꾼은 토끼의 약삭빠름에 감탄한다. 토끼의 소명은 냄비 속으로 뛰어드는 것이 아님을 잘 알기 때문이다.

모든 것이 나를 거스른다. 아니, 모든 것이 나에게 무관심하고 나를 헤아리지 않는다고 해야 더 맞는 말일 것이다. 인간의 과업이 없었다면 지구 표면은 가시덤불과 역병으로 뒤덮였을 것이다. 세계는 인간의 적이 아니지만 호의적이지도 않다. 인간의 편인 것은 인간 스스로가 이룬 과업밖에 없다. 그런데도 희망을 품음으로써 근심이 생기는 법이다. 그래서 우연히 거둔 성공은 결코 좋은 시작이 아니다. 신을 찬양한 자는 머지않아 신을 저주하게 될 것이다.

인간을 포함한 낯선 사물이 우리에게 자기 고유의 행동 법칙을 보이면, 우리는 그 즉시 인간의 일에 돌입한다. 반면 어떤 존재가 우리에게 호의를 약속한다면 우리는 그것을 알 기회를 잃게 되고, 속절없이 희망하는 일 외의 다른 힘은 얻지 못한다. 덧문 뒤의 존재들이 훨씬 아름답고 친근하다. 예견된 태도와 외양을 갖추었을 때보다 그들의 풍부한 일상 속에 있을 때 그렇다. 활력이 있는 사람은 다름과 다양성을 사랑한다. 평화란 여러 가지 힘 가운데 존재하는 것이다.

가고 있다면 이미 당신은 옳다

우리는 시작하는 법을 모른다. 심지어 팔을 뻗는 일조차도 어떻게 시작하는지 모른다. 그것은 신경과 근육에 명령을 내린다고 해서 시작되는 일이 아니다. 움직임은 스스로 시작된다. 우리가 할 일은 움직임을 따르고 최선을 다해 완수하는 것이다. 이처럼 우리는 결정권을 갖지 못한 채 방향만을 잡을 뿐이다. 마치 힘이 뻗치는 말을 모는 마부처럼 말이다. 이렇게 힘이 들어찬 말이라야 마부가 몰고 갈 수 있다. 바로 이것을 우리는 출발이라고 부른다. 마찬가지로, 배에 추진력이 없으면 키가 지시하는 방향을 따를 수 없다. 요컨대 어떻게 해서든지 일단 출발해야만 한다. 그런 다음에야 어디로 갈지 물을 수 있다.

선택을 한 사람이 누가 있는가? 나는 이런 물음을 던진다. 아무도 선택하지 않았다. 우리는 모두 처음에는 어린아이였기 때문이다. 아무도 선택하지 않았지만 우선 행동한 것이다. 우리의 소명은 이렇듯 자연과 환경으로부터 비롯되었다. 그래서 심사숙고하는 사람은 결코 결정을 내리지 못한다. 또, 원인이니 동기니 하는 것을 저울질하는 학문적인 분석만큼 우스운 것도 없다. 이것저것을 따지는 문법학자 분위기를 풍기는 추상적인 신화가 우리에게 미덕과 악덕 사이에서 선택을 주저하는 헤라클레스 이야기를 들려준 것은 이 때문이다.

누구도 선택하지 않는다. 우리는 모두 그저 나아가고 있으며 모든 길이 다 옳다. 내 생각에 이 세상을 살아가는 비결은 우선 자신의 결심과 일을 놓고 스스로와 싸우지 않는 것이다. 대신 그 일을 잘 해내는 것이다. 선택하지 않았으나 이미 선택된 일로부터 우리는 어떤 숙명을 느끼고 싶어 한다. 그러나 선택된 일은 우리를 전혀 구속하지 않는다. 거기에 나쁜 운은 없기 때문이다. 어떤 운이라도 좋은 운으로 만들고자 한다면 좋은 운이 된다. 자기 본성에 대해 여러 말을 하는 것만큼 결점을 잘 보여주는 행동이 없다. 누구도 본성을 선택하지 않았기 때문이다. 그래도 본성이란 어떤 야심가라도 만족시킬 만큼 충분히 많은 가능성을 품고 있다. 필연성을 받아들이고 미덕으로 삼는 것이야말로 아름답고 위대한 일이다.

"이런, 내가 왜 공부를 안 했지!" 이건 게으름뱅이의 변명이다. 지금 공부를 해라. 지금 공부하지 않는다면 과거에 공부했던 것은 대수가 아니다. 과거에 기대를 거는 것은 지난 일을 한탄하는 것과 똑같이 어리석다. 기왕 이렇게 되었다면 거기에 만족하는 것이 최선이요, 그 일을 보전도 못 하는 것이 최악이다. 심지어 나는 행운을 따르기가 불운을 따르기보다 험난하다고 생각할 정도이다. 만일 당신의 어린 시절이 천사의 축복을 받은 것과 같았다면, 조심하기 바란다. 미켈란젤로가 훌륭하다고 생각되는 이유는 열정적인 의욕으로 그 천부적인 재능을 손에 쥐고 안온한 삶 속에서 어려운 삶을 만들어냈기 때문이다. 이 냉철한 남자가 마침내 무언가를 배워보려고 학교에 갔을 때는 이미 머리가 온통 백발이었다고 한다. 이 이야기는 분발하는 데에는 정해진 때가 없다는 것을 결단력이 없는 사람들에게 보여준다.

만약 당신이 항해사에게 처음에 잡은 키에 따라 항해의 전 여정이 결정된다고 말한다면 그 말에 항해사는 실소하지 않겠는가? 그런데도 우리는 어린아이들에게 그런 잘못된 사실을 가르치려 애쓰는 것 같다. 다행히 아이들은 그런 소리를 귓등으로 듣지만 말이다. 만일 아이들이 사변적인 생각에 빠져서 평생 하나 마나 한 소리나 일삼으며 살아가게 된다면 정말 큰일이다. 이와 같은 해로운 관념은 약자를 만드는 약자의 변명이기 때문에 어릴 때는 별 영향이 없지만 나중에 해를 끼친다. 숙명이란 메두사의 머리이다.

○   미래를 만들어가는 능동의 존재

　　예술가는 때때로 모든 색채, 모든 소리, 모든 더위와
추위 등 모든 것을 직접 접하는 상태에 몰입하고자 할 때가 있
다. 그래서 자연물에 그토록 깊이 둘러싸여 의지해 사는 농부
나 어부가 예술의 이 미묘한 차이를 알아보지 못한다는 사실
에 예술가는 놀라고 만다. 그러면 농부나 어부는 그저 어깨를
한번 으쓱하며 무심히 넘겨버린다. 왕의 위엄이 서린 몸짓이
다. 성 크리스토포로*는 물결을 아랑곳하지 않고 강을 건넜다.
"정신이 충만할 때 인간은 잠을 자지 않는다"**라는 말이 있지

---

*　St. Christophoros, 그리스도를 어깨에 짊어지고 강을 건네주었다는 거인.
　　—옮긴이

만, 그때 인간은 행동도 하지 않을 것이다.

우리는 정리하고, 단순화하고, 삭제해야 한다. 내 생각에 인간의 특성은 모든 종류의 반수면 상태를 완전한 잠 속으로 던져버렸다는 것이다. 건강함의 표시는 몽상하는 상태를 붙잡지 않고 곧장 잠이 드는 것이다. 그리고 깨어나는 일은 잠을 물리치는 일이다. 반면 예언하는 영혼은 반만 깨어서 몽상을 되풀이한다.

그렇게 사는 수도 있다. 안 될 것은 없으니까. 우리는 놀라울 정도의 예감 능력을 갖고 있다. 살아 있는 육체의 만듦새를 살펴보면, 아주 작은 신호도 우리 내부로 들어와 흔적을 남기는 것을 알 수 있다. 예를 들면 가느다란 바람 소리가 저 멀리 떨어진 곳의 폭풍을 알려준다. 이런 신호들에 주의를 기울이는 것은 분명 좋은 일이다. 하지만 그렇다고 해서 사소한 변화에도 소스라치며 놀라서는 안 된다.

나는 엄청나게 커다란 자기기압계를 본 적이 있다. 그 장치는 너무 민감해서 그 옆으로 마차나 사람이 지나가기만 해도 바늘이 들썩였다. 만일 우리도 자신을 그냥 내버려둔다면 그 바늘과 같이 될 것이다. 태양이 황도를 지남에 따라서 우리의

✳✳ 17세기 프랑스 작가 라 퐁텐Jean de la Fontaine의 『우화』 중 「도토리와 호박」에 나오는 말. —옮긴이

기분은 바뀐다. 그러나 이 행성의 주인인 인간은 모든 것에 쉽게 휘둘리거나 몰입하지 않아야 한다.

인간 사회의 소심한 사람은 모든 것을 듣고 수집하고 해석하려 한다. 그래서 그에게 대화란 모든 발화자가 자기에게 일어난 모든 일을 지껄이는 터무니없고 일관성이 없는 행위로 느껴진다. 그러나 현명한 이는 대화에서 포착한 신호와 이야기를 훌륭한 정원사처럼 잘 다듬는다. 자연 세계에서는 더욱 그러하다. 모든 사물과 현상이 우리에게 와닿고 우리를 사로잡기 때문이다. 지평선은 벽처럼 우리의 눈앞을 가로막을지도 모른다. 그러나 우리는 사물을 원래의 제자리로 돌려보낼 수 있다. 사유는 인상을 말살하는 행위다.

삶이란 개간작업이다. 내가 아는 어떤 여성은 감수성이 예민해서 나무줄기나 가지가 잘리는 것을 보기만 해도 괴로워했다. 그러나 이런 작업을 하지 않으면 곧 풀숲이 무성해지고 뱀이 우글거리게 되고 늪지가 생기고 열병과 굶주림이 다시 창궐할 것이다. 마찬가지로 사람은 각자 자기 기분을 개간해야 한다. 자신의 기분을 부정하는 것은 심지어 불신이라 할 수 있다.

이 세계는 낫과 도끼로 열렸다. 우리는 공상을 버리고 크고 넓은 길을 얻었다. 그것은 징조들을 극복한 것과 같다. 자신을 다잡지 않고 인상만을 좇다가는 우리 앞에서 세계는 다시 닫힐 것이다. 세계는 존재하는 그대로의 자신을 알릴 뿐이다. 카산드라*는 불행을 예언한다. 잠에 빠져든 영혼들이여, 카산드라와 같은 무리를 믿지 마라. 참다운 인간은 분연히 일어나 미래를 만들어간다.

＊   그리스 신화에 등장하는 예지력을 지닌 여사제. 아폴론의 저주를 받아 누구도 그의 예언을 믿지 않는다. ─옮긴이

◌　　　운명을 믿기보다 진정으로 열망하라

　　　　　볼테르[8]는 "운명은 우리를 끌고 다니고 또 조롱한
다"라고 말했다. 그토록 자신을 당당히 여겼던 사람이 이런 말
을 했다니 나는 놀라고 말았다. 외부에서 오는 운명은 파괴적
으로 작용한다. 돌이나 포탄이 날아오면 아무리 데카르트라도
깔아뭉개지리라. 하지만 인간을 쉽게 죽일 수는 있어도 인간
을 변화시킬 수는 없다.

　나는 인간이 저마다 목표를 향해 나아가고 매사를 잘 활용
하는 모습이 대단하다고 생각한다. 개가 닭을 잡아먹음으로
써 자신을 살찌우는 이치와 같이, 인간은 사건을 제 것으로 소
화한다. 끊임없이 무언가를 열망하는 것은 건강한 생명체에만
있는 속성이다. 그 지속적인 열망은 만물이 변천하는 가운데에서도

반드시 길을 찾아낸다. 건강한 인간은 모든 사물과 현상에 자신의 흔적을 남긴다.

이 흔적은 주변 곳곳에서 쉽게 찾을 수 있다. 모든 것은 인간의 형태와 자세에 따라 다양하게 주름진다. 식탁과 책상, 방, 집 등이 인간의 손에 의해 금방 정돈되기도, 어질러지기도 한다. 규모가 크든 작든 사업도 이와 마찬가지로 인간이 하는 대로 따른다. 그런데도 우리는 외부의 기준을 가지고 그 사업이 잘 되고 안 되고를 따지는 경향이 있다. 하지만 잘하든 못하든 그 사업의 주체인 인간은 마치 생쥐처럼 언제나 자기 몸의 형태대로 구멍을 파고 들어간 것이다. 유심히 살펴보라. 인간은 자신이 원한 일을 해놓은 것이다.

괴테는 회고록 첫머리에서 "젊어서 구하면 늙어서 풍요롭다"라는 속담을 인용했다. 그는 모든 일을 자신의 몸에 맞게 만들어가는 인간의 훌륭한 예이기도 하다. 모든 인간이 괴테 같진 않지만, 각자 자신의 모습대로 산다. 인간의 흔적이 항상 아름답진 않더라도, 어디에나 남는다. 인간은 세련된 무엇인가를 추구하는 게 아니라, 다만 구하고 얻을 뿐이다. 스피노자는 인간의 악어와도 같은 굳은 의지에 대해 누구보다 잘 파악하고 있었다. 그는 인간에게는 말馬과 같은 완벽함이 필요치 않다고 했다. 정말이지 어떤 인간도 괴테만큼의 완벽성을 추구할 수는 없을 것이다. 그러나 상인은 어떠한 상황에서도, 심지어 파산의 위기에서도 물건을 떼다가 팔고, 사채업자는 돈을 빌려주며, 시인은 노래하고, 게으름뱅이는 잠을 잔다.

많은 이들이 이런저런 것을 갖지 못했다고 불평하지만, 그 이유는 언제나 그들이 진정으로 열망하지 않았기 때문이다. 시골에 내려가는 퇴역 대령은 장군이 되고 싶었을 것이다. 그런데 만일 내가 그의 지난 삶을 속속들이 살펴볼 수 있다면, 그가 장군이 되기 위해 반드시 해야 했음에도 하지 않았으며, 또 할 생각도 없었던 사소한 일들이 있었다는 것을 알아냈을 것이다. 그래서 그가 실은 장군이 되기를 진정으로 바라지 않았음을 설명해줄 수 있을 것이다.

나는 상당한 자원이 있으면서도 보잘것없는 위치에 오르는 데에 그치는 사람들을 본다. 도대체 그들은 무엇을 바라고 있었는가? 그들은 솔직함을 지녔는가? 그렇다. 아첨하지 않는 태도를 갖추었는가? 그들은 과거에도 지금도 아첨하지 않는 사람들이다. 판단하고 조언하고 거절할 줄 아는가? 그렇다. 그런데도 돈이 없는가? 그런데 그들은 늘 돈을 불신하지 않았던가? 돈은 자기를 영예롭게 여기는 자에게로 향하는 법이다. 부자가 되기를 원했는데 부자가 될 수 없었던 사람이 있다면 내게 알려주기를 바란다. 부자가 되기를 '원했던' 사람이라야 한다. 막연하게 희망하는 것과 진정으로 원하는 것은 다르다.

10만 프랑이 생겼으면, 하고 바라는 시인이 있다. 그는 10만 프랑을 누구에게서 어떻게 구해야 할지 모른다. 10만 프랑을 얻기 위한 최소한의 행동도 하지 않는다. 그래서 10만 프랑은 생기지 않는다. 다만 시인은 아름다운 시를 쓰기를 원한다. 그래서 그는 시를 쓴다. 악어가 가죽을, 새가 깃털을 만드는 것처럼, 그 시는 시인의 본성에 맞기에 아름답다. 이처럼 언제나 길을 찾아내고야 마는 내면의 힘도 운명이라고 부를 수 있다. 그러나 이렇게 탄탄하고 잘 짜인 삶과 우연히 피로스*를 죽게 만든 기왓장 사이에는 '운명'이라는 이름 말고는 아무런 공통점도 없다.

※   Pyrros, 고대 그리스 에페이로스의 왕으로, 이겼으나 희생이 큰 승리를 가리켜 '피로스의 승리'라고 부른다. ─옮긴이

절망은 환상일 뿐,
우리 모두는 운이 좋다

경찰은 알코올 의존자에게 다시는 술을 마시지 않겠다는 서약을 시킨다. 행동을 각인시키는 것이다. 이론가는 이 방법이 신뢰성이 떨어진다고 말할 것이다. 왜냐하면 습관과 악덕은 완고하게 뿌리내려져 바꿀 수 없다고 생각하기 때문이다. 그리고 이론가는 사물에서 유추할 수 있는 것처럼 인간도 철이나 황처럼 자기만의 작용 방식을 자산처럼 갖고 있다고 여긴다. 하지만 철의 본성이 대장간에서 단련되어 철판이 되는 것이 아니고, 황의 본성이 화약이나 포탄이 되는 것이 아니듯, 나는 미덕과 악덕이 대개는 우리의 본성에 속한 것만은 아니라고 생각한다.

다시 알코올 의존자의 사례로 돌아와서, 나는 술에 의존하는 이유를 잘 알고 있다. 여기에서는 습관이 욕구를 만들어낸다. 언제나처럼 마시다 보면 더 마시려는 욕구가 생기고 나중에는 이성을 잃어버리기 때문이다. 그러나 술을 마시는 최초의 동기란 매우 미약한 것으로, 맹세만 해도 그것을 억제할 수 있다. 이 사소한 머릿속 노력을 시작으로, 우리의 알코올 의존자는 마치 20년 전부터 물 말고는 아무것도 마시지 않은 사람처럼 술을 절제하게 된다.

그 반대도 가능하다. 나는 술을 마시지 않는 사람이지만 손쉽게 돌연 주정뱅이가 될 수도 있다. 또한 나는 도박을 좋아한 적이 있으나 주변 사정이 바뀌자 더는 도박 생각이 나지 않게 되었다. 그러나 다시 시작하게 되었더라면 또다시 즐겨 했을 것이다. 정념 속에는 집요함이 있으며 특히 터무니없는 오류가 있는 것 같다. 그것은 우리가 스스로 사로잡혔다고 믿는 것이다.

치즈를 싫어하는 사람은 치즈의 맛조차 보려 하지 않는다. 왜냐하면 그는 자기가 치즈를 좋아하지 않으리라고 믿기 때문이다. 독신자는 자기가 결혼생활을 견딜 수 없을 것이라고 믿는다. 절망하는 마음에는 불행히도 강한 확신이 함께한다. 강한 확언이 따른다는 말이다. 그래서 우리는 위로되기를 거부하고 만다. 나는 이것 또한 환상의 하나라고 생각한다.

그런데 이 환상은 지극히 자연스럽다. 사람들은 자기가 갖지 않은 것에 대해서는 잘못된 판단을 내릴 수밖에 없기 때문이다. 내가 술을 마시는 한, 금주라는 것은 생각할 수 없다. 마시는 행위가 그것을 밀쳐내고 있기 때문이다. 반면 내가 술을 마시지 않으면, 그것만으로도 음주라는 관념을 즉시 밀쳐낸다. 우울, 도박 등 모든 일에 있어서도 마찬가지이다.

이삿날이 다가오면 당신은 헤어지는 모든 벽에 작별을 고할 것이다. 그리고 가구가 집 밖으로 나오기도 전에 마음은 이미 새집에 가 있을 것이다. 옛집은 잊혔다. 모든 것이 금방 잊힌다. 현재에는 언제나 힘과 젊음이 깃들어 있다. 그래서 우리는 확신을 가지고 거기에 적응하여 산다. 모두가 그렇게 적응하며 살아가지만, 대부분은 자신의 이런 능력을 깨닫지 못한다.

습관은 일종의 우상이므로 우리가 그것에 복종하기 때문에 힘을 얻는다. 여기서 우리는 생각에 속는다. 생각할 수 없는 일은 행할 수 없는 일처럼 보이기 때문이다. 상상력이 인간 세계를 지배할 수 있는 것은, 상상이 인간의 습관을 뛰어넘을 수 없다는 사실 때문이다. 상상력은 창조하는 법을 모른다. 창조하는 것은 행위다.

나의 할아버지는 70세가 되실 무렵 딱딱한 음식을 싫어하게 되셨고, 그 이후 적어도 5년 동안 우유만 드셨다. 가족들은 그것을 편집증이라고 생각했다. 그리고 그 생각이 맞았다. 그도 그럴 것이 어느 날 가족들이 모여 점심을 먹는데 할아버지가 갑자기 닭 다리를 뜯으시는 것이었다. 할아버지는 이후 당신이나 나와 마찬가지로 식사를 하시면서 6, 7년을 더 사셨다. 그것은 단연 용기 있는 행동이었다. 그런데 무엇이 할아버지를 용기 내게 했을까? 의견이 바뀌었기 때문이다. 과거의 의견에 대한 의견이 바뀌었기 때문이라고 하는 편이 더 옳겠다. 자기 자신에 대한 의견이 바뀐 것이다.

사람들은 운을 타고나는 사람이 따로 있다고 말할 테지만, 그렇지 않다. 누구나 운이 좋다. 다만 자기가 그것을 모를 뿐이다. 결국, 각자는 자신의 인물됨에 따라서 삶을 살아간다.

이 운명은 내가 선택한 것이다

플라톤[9]이 들려준 몇 가지 옛날이야기가 있다. 대체로 여느 동화와 비슷하지만, 그 속에 무심코 던져져 있는 평범한 말들은 우리에게 깊은 울림을 주는 동시에, 마음 한구석을 문득 환히 비추어준다. 에르의 신화 같은 것이 그렇다. 에르는 전투에서 전사했지만, 그 과정에 잘못이 있음이 밝혀져서 지옥에서 다시 소생한다. 그리고 지옥에서 본 일을 이야기한다.

그중 가장 혹독한 시련은 이것이었다. 영혼, 또는 망령들이 ─무어라 불러도 좋다─ 벌판으로 끌려가게 되었다. 그리고 그들 앞에 많은 자루가 내던져졌다. 자루 안에는 각기 다른 운명이 들어 있고, 그중 하나를 선택해야 했다. 죽은 영혼들은 이승의 삶에 대한 기억을 가진 상태였다. 그들은 자신의 욕망과 회한에 따라 자루를 선택했다. 무엇보다 돈을 욕망하는 자들은 돈으로 가득한 운명을 선택했다. 이승에서 부자였던 자들도 여전히 더 많은 돈을 원했다. 향락을 좇는 자들은 쾌락이 가득한 자루를 찾았다. 야심가들은 왕의 운명을 선택했다. 마침내 각자가 원하는 것을 찾아낸 영혼들은 새로운 운명을 어깨에 짊어지고 벌판을 떠나 망각의 강인 레테의 강물을 마셨다. 그리고 선택한 삶을 살기 위해 다시 이승으로 떠났다.

참으로 기묘한 시련이자 이상한 형벌이다. 그런데 이것은 얼핏 보기보다 훨씬 더 무서운 벌이다. 왜냐하면 행복과 불행의 진정한 이유에 대해 숙고해보는 사람이 거의 없기 때문이다. 그것을 생각해보는 사람은 이 질문의 근원까지 거슬러 올라간다. 즉 이성을 마비시키는 포악한 욕망에까지 올라가보는 것이다. 그들은 부를 경계한다. 부는 아첨에 귀 기울이게 하고 불쌍한 사람들의 목소리를 듣지 못하게 만들기 때문이다. 그들은 권력을 경계한다. 권력은 그것을 쥔 사람을 모두 정의롭지 못하게 만들기 때문이다. 그들은 쾌락을 경계한다. 쾌락은 지성의 빛을 희미하게 만들다가 결국은 꺼트리기 때문이다. 현명한 자는 이렇게 신중한 태도로 깨끗한 자루 몇 개를 뒤적여본다. 평정을 잃지 않기 위해, 또 이승에서 그토록 고생하며 얻고 간직해온 약간의 올바른 감각을 화려한 운명 속에서 잃지 않기 위해 조심한다. 그들은 아무도 원하지 않을 수수한 운명을 등에 짊어질 것이다.

플라톤은 언제나 우리 생각보다 가까이에 있다. 나는 죽음 이후에 이어진다는 새로운 삶을 일절 경험해본 적이 없다. 그러므로 내가 그것을 믿지 않는다는 말도 할 수 없다. 생각하기가 불가능하다는 말이다. 나는 다만 미래에 대하여, 즉 우리의 선택과 우리 스스로 세운 삶의 법칙에 따라 벌을 받게 될 미래에 대하여 말할 수 있다. 우리는 이 미래를 향해 계속해서 미끄러져 들어가고 있으며 그곳에서 각자가 선택한 자루를 펼쳐본다. 또한 망각의 강에 다다라서 신들과 운명을 비난하면서도 우리는 끝까지 그 물을 마실 것이다.

야망을 선택한 자는 자신이 비열한 아첨과 질투, 부정의도 함께 선택한 것이라고는 생각하지 못했다. 그러나 그것들은 그가 선택한 자루 속에 들어 있었다.

주어진 즐거움과 쟁취한 즐거움

인간은 욕망하고 창조할 때만 진정으로 행복하다. 카드놀이에서도 그렇다. 카드놀이를 하는 사람들의 얼굴을 보면, 패를 따지고 결정하는 자기의 권력을 골똘히 응시하고 있다. 게임판에서 모든 이는 카이사르가 되어 매 순간 중요한 결정을 내린다.

순수한 운에 의존하는 도박에서도 마찬가지다. 위험을 무릅쓸지 말지를 결정할 권한은 오로지 도박꾼에게 있다. 때로는 모든 위험을 감수하고, 때로는 희망이 있어도 멈춘다. 도박꾼은 자신을 통제하고 지배한다. 일상에서 끊임없이 우리를 괴롭히는 욕망과 불안도 예측 불가능한 도박 상황에서는 잠잠해진다. 그래서 도박은 대담한 이들의 열정이 된다. 패배를 받아들인 사람들은 바카라의 매력을 이해하지 못한다. 하지만 그들도 한번 시도해보면 잠시나마 권력의 매력에 빠질 것이다.

어떤 직업이든 내가 일을 주도하면 기쁨을 느끼고, 일에 끌려가면 불편함을 느낀다. 전철 기관사는 버스 운전사보다 덜 행복할 수 있다. 사냥도 혼자서 자유롭게 할 때 가장 짜릿하다. 직접 계획을 세우고, 그 계획을 따르거나 수정하면서 누구에게도 보고할 필요가 없기 때문이다. 이에 비해 몰이꾼들이 몰아준 사냥감을 잡는 기쁨은 시시하다. 물론 노련한 명사수라면 구경꾼들의 찬탄을 받으며 그들의 감정을 좌우하는 권력의 맛을 즐길 수도 있겠다.

어쨌든, 인간이 즐거움을 추구하고 고통을 꺼린다는 주장은 잘못되었다. 인간은 주어진 즐거움에는 무심하고 쟁취하여 얻어낸 즐거움을 훨씬 선호한다. 인간은 무엇보다 행동하고 정복하기를 즐기기 때문이다. 우리는 수동적으로 따르는 것을 싫어한다. 그래서 노력 없는 기쁨보다 노력이 필요한 고통을 선택하기도 한다. 역설가 디오게네스*는 고통이 더 좋다고 말했다. 하지만 그가 말한 것은 스스로 선택하고 바란 고통이다. 타인에 의해 강요된 고통을 좋아하는 사람은 아무도 없다.

＊　 Diogenēs, 고대 그리스의 철학자로 부끄러움 없는 청빈한 삶을 살았다. 자신을 찾아온 알렉산더 대왕에게 햇빛을 가리지 말고 비켜달라고 했다는 일화의 주인공. ─옮긴이

등산가는 자기 능력을 개발하고 증명한다. 이는 단순한 육체적 행위를 넘어 사고의 과정이다. 이런 고차원적 기쁨이 등산가가 보는 설경을 더욱 빛나게 한다. 반면 기차로 산꼭대기에 오른 사람은 같은 풍경을 보더라도 그만큼의 감동을 느끼지 못한다. 이런 원리로 인해 우리는 종종 기쁨에 대한 기대에 속는다. 주어진 기쁨은 기대에 미치지 못하지만, 노력으로 얻은 기쁨은 항상 기대 이상이다. 운동선수는 보상을 얻기 위해 훈련하지만, 그 과정에서 자기 성장과 극복의 기쁨이라는 또 다른 보상을 얻는다. 이는 게으른 사람은 상상조차 할 수 없는 것이다. 게으름뱅이의 눈에는 훈련의 고통과 원래 정해진 보상만 보이기 때문에 이리저리 저울질만 하다가 아무것도 하지 않는다. 반면 운동선수는 이미 몸을 일으켜 훈련에 임하고 있다. 그는 어제의 훈련으로 더 강해졌음을 느끼고, 자신의 의지와 능력을 즐긴다. 그래서 다른 어떤 것보다 운동에서 재미를 느낀다.

우리가 권태에 빠지면 곧 분노가 따라온다. 하지만 농노가 느끼는 권태가 대지주가 느끼는 권태보다 덜 해롭다고 생각한다. 왜냐하면 아무리 단조로운 일이라도 거기에는 개선의 여지가 조금은 있기 때문이다. 반면 남이 이뤄준 즐거움에 의존하는 자는 자연스레 심성이 고약해진다. 부자들이 기분에 따라 행동하는 이유다. 노동자의 약점이라면 그가 원하는 것보다 더 만족한다는 것이다. 이것이 그의 성장을 방해한다.

불행은 생각보다
작을지도 모른다

행복과 불행을 상상하는 것은 불가능하다. 여기서 말하는 행복과 불행은 문자 그대로의 쾌락이나 류머티즘, 치통, 종교재판소의 고문과 같은 고통에 관한 것이 아니다. 그런 것들은 원인과 연관 지어보면 상상할 수 있다. 원인은 분명한 작용을 일으키기 때문이다. 예를 들어 끓는 물이 손에 튄다거나 차에 치였다거나 문틈에 손이 끼었을 때의 고통을 나는 짐작해볼 수 있다. 또, 남의 고통도 알 수 있는 데까지는 헤아려볼 수 있다.

하지만 우리 생각이 만들어내는 행복이나 불행은 전혀 다르다. 남의 일이든 자신의 일이든 예측하거나 상상할 수 없다. 모든 것은 생각의 흐름에 달려 있는데, 생각은 마음대로 되지 않는다. 불쾌한 생각에 사로잡혔다가도 갑자기 그런 생각에서 벗어나기도 한다.

연극을 예로 들어보자. 연극은 우리를 강렬하게 사로잡는다. 하지만 그 강렬함의 원인은 사실 우스울 정도로 보잘것없다. 그저 페인트칠한 배경과 과장된 연기, 가짜 눈물일 뿐이다. 그런데도 우리는 진짜 눈물을 흘린다. 가짜 감정에 휩쓸려 모든 등장인물의 고통을 짊어지기도 한다. 그러다 문득 모든 고통에서 벗어나 먼 곳을 여행하는 듯한 기분을 느낀다. 슬픔과 위로가 새처럼 왔다 갔다 한다.

몽테스키외[10]는 "한 시간의 독서로 해결되지 않는 슬픔은 없다"고 했다. 이 말은 진정으로 책을 읽으면 우리가 책 속으로 완전히 빠져들 수 있다는 뜻이다.

사형 집행장으로 가는 죄수를 생각해보자. 그는 불쌍해 보이지만, 만약 다른 것에 집중한다면 우리보다 더 불행하지 않을 수도 있다. 예를 들어, 수레가 몇 번 모퉁이를 도는지, 몇 번 덜컹거리는지 세는 데 집중한다면 그의 정신은 온통 그것에만 쏠릴 것이다. 멀리 보이는 벽보를 읽으려 한다면, 마지막 순간까지도 그 벽보에 정신이 팔릴 것이다.

물에 빠져 죽을 뻔한 한 친구가 있었다. 그는 배와 선착장 사이로 떨어져 선체 아래 갇혔다가 의식 없이 구조되었다. 그의 회상에 따르면, 물속에서 눈앞에 밧줄이 보였지만 잡을 생각이 들지 않았다고 한다. 오히려 녹색 물과 떠다니는 밧줄의 모습이 머릿속을 가득 채웠다고 한다. 그것이 그의 마지막 기억이었다.

○ 찬찬히 바라보면
모든 광경이 아름답다

　　　　휴가철이면 이 풍경에서 저 풍경으로 달려가는 사람들로 사방이 북적인다. 짧은 시간에 많은 것을 보려는 욕심 때문일 것이다. 남에게 자랑할 거리를 만들려면 이보다 좋은 방법이 없다. 방문한 곳의 이름을 많이 나열할수록 좋으니까. 시간 때우기로는 괜찮다. 하지만 진정으로 감상하려면, 자신을 위한 것이라면, 이런 방식은 옳지 않다고 본다.

　달리면서 보면 사물은 다 비슷해 보인다. 빠르게 흐르는 물결은 그저 급류일 뿐이다. 세상을 급하게 둘러본 사람에게 처음보다 더 풍부한 추억이 남는 것도 아니다. 풍경의 풍요로움을 제대로 느끼려면 자세히 봐야 한다. 나에게 있어 보는 행위는 작은 부분들을 훑어보고, 각각에 잠시 머물다가 다시 전체를 바라보는 것이다. 다른 사람들이 이 과정을 빨리 끝내고 다른 곳으로 달려가 반복할 수 있는지는 모르겠다. 앞으로도 알 수 없을 것 같다.

루앙*에 사는 사람들은 행복하다. 눈만 돌려도 매일 아름다운 풍경이 펼쳐지고, 생–투앙 성당을 마치 집에 걸린 그림처럼 쉽게 볼 수 있으니 말이다. 박물관을 한 번 방문하거나 관광 삼아 외국을 다녀온 후의 기억은 뒤죽박죽 섞이기 마련이다. 결국 인쇄 상태가 나빠 빗금이 간 삽화 같은 것이 되고 만다.

나에게 여행이란 1, 2미터쯤 가다가 멈춰 서서, 아까 본 것들이 어떻게 다르게 보이는지 살피는 일이다. 이쪽에 앉아서 보고 저쪽에 앉아서 보면 완전히 다르게 보인다. 이렇게 해서 나는 100킬로미터를 달리며 보는 것보다 훨씬 많은 것을 볼 수 있다.

급류에서 급류로 옮겨가며 보면 다 같은 급류로 보인다. 하지만 이 돌과 저 돌에 시선을 두어가며 찬찬히 바라보면 하나의 급류도 걸음마다 다르게 보인다. 이미 본 것이라도 다시 보면 처음 봤을 때보다 더 큰 감동을 준다. 실제로 그것은 새로운 것이 되어 있다.

요컨대 다채롭고 풍요로운 광경 하나만 골라도 습관에 빠지

※ 알랭의 고향인 프랑스 북서부 노르망디 지역에 위치하며, 그곳의 중심도시이다. ─옮긴이

지 않을 수 있다. 다시 말하지만, 제대로 볼 줄 알면 평범한 광경에서도 무한한 기쁨을 찾을 수 있다. 그러면 우리는 어디서나 별이 빛나는 밤하늘을 볼 수 있게 될 것이다. 이 얼마나 아름다운 절벽인가.

삶으로 돌아가기

망자를 기리는 의식은 아름다운 전통이다. '죽은 자들의 날' 축제는 보통 태양이 쇠하는 징후가 분명히 드러나는 날에 열린다. 시든 꽃, 밟힌 노랗고 붉은 낙엽, 긴긴 밤, 나른한 오후…… 이 모든 것이 우리에게 피로와 휴식, 잠 그리고 과거를 떠올리게 한다. 한 해의 끝은 하루의 끝이나 삶의 마지막과 비슷하다. 남은 시간은 밤과 잠뿐이니, 우리는 역사가처럼 지난 일들을 돌아본다. 이렇게 관습과 계절, 생각이 조화를 이룬다. 그래서 이 시기에 많은 이들이 죽은 자의 영혼을 깨워 대화하려 한다.

그렇다면 어떻게 망령들을 깨우고 즐겁게 해줄 수 있을까? 옛날에는 음식을, 지금은 꽃을 바친다. 하지만 이는 우리의 생각을 망령에게 집중시키고 대화를 이어가기 위한 도구일 뿐이다. 우리가 깨우려는 건 죽은 자의 몸이 아닌 생각이다. 그 생각이 잠든 곳은 바로 우리 안이다. 그렇다고 꽃과 화환, 잘 꾸민 무덤이 의미 없다고 할 순 없다. 우리는 마음대로 생각할 수 없고, 생각은 우리가 보고 듣고 만지는 것에 크게 영향받는다. 그래서 어떤 장면을 만들고 그에 따른 상상을 즐기는 건 합리적이다. 종교의식의 가치가 바로 여기에 있다. 하지만 이는 수단일 뿐, 목적이 되어선 안 된다. 미사에 참석하거나 묵주 기도를 올리는 사람들처럼 망자를 찾아 나서서는 안 된다.

망자들은 죽지 않았다. 우리가 살아 있다는 게 그 증거다. 망자들은 생각하고 말하고 행동한다. 그들은 조언하고 원하고 인정하고 비난할 수도 있다. 모두 사실이다. 다만 우리가 그것을 들어야 들리는 것이다. 이 모든 것은 우리 내부에 있다. 우리 내부에 생생하게 살아 있다.

당신은 이렇게 말할지도 모른다. "그래서 우리는 죽은 이를 잊을 수 없다. 죽은 이를 생각하는 것만으론 부족하고, 자신을 생각하는 게 곧 죽은 이를 생각하는 것이다." 맞는 말이다. 다만, 사람들은 보통 진정한 '자신'에 대해 깊이 생각하지 않는다. 우리는 스스로를 너무 약하고 불안정하다고 여긴다. 하지만 우리는 자신과 너무 가까워서 모든 걸 균형 있게 볼 수 없다.

반면, 우리가 망자를 볼 때는 그들의 진실을 본다. 이때 우리 마음은 경건해져 사소한 것을 잊는다. 또한, 망자의 조언이 힘을 갖는 이유는 그들이 더 이상 존재하지 않기 때문이다. 존재한다는 건 주변과 상호작용한다는 뜻이다. 존재한다는 건 자주 자신의 존재를 잊는 일이다.

그래서 망자가 원하는 게 무엇인지 묻는 건 의미 있어 보인다. 자, 이제 잘 보고 들어보자. 죽은 자들은 살기를 원한다. 그들은 우리 안에서 살고 싶어 한다. 그들이 바랐던 걸 우리 삶이 풍성하게 발전시키길 바란다. 그래서 무덤은 우리를 삶으로 돌려보낸다. 우리 생각은 다가올 겨울을 넘어 다음 봄과 새싹으로 향한다.

나는 어제 라일락 줄기에 달린 잎들이 곧 떨어지려는 것을 보았다. 그리고 그 자리에 돋아난 움을 보았다.

나에게는 불행을 견뎌낼 힘이 있다

"우리에게는 언제나 타인의 불행을 견뎌낼 만한 충분한 힘이 있다." 모럴리스트인 라 로슈푸코[12]가 한 말로 알려져 있다. 이 말은 분명 어떤 진실을 담고 있지만, 그것은 절반의 진실에 불과하다. 더 중요한 진실은 이것이다. 우리에게는 언제나 자신의 불행을 견딜 만한 충분한 힘이 있고, 또 그래야만 한다.

물론 운명이 우리를 강제로 붙잡을 때는 어쩔 수 없이 죽음을 맞이해야 한다. 하지만 그렇지 않다면 우리는 최선을 다해 살아야 한다. 대부분의 사람이 그렇게 살아간다. 생명의 힘은 놀라운 것이다.

수해 피해자들도 이런 방식으로 상황에 적응한다. 그들은 임시 다리 위에서 울지 않고, 그 위를 걸어 다닌다. 학교나 공공시

설의 대피소에서 비좁게 생활하더라도, 그들은 그곳에서 최선을 다해 식사하고 잠을 잔다. 전쟁 경험자들의 이야기도 비슷하다. 가장 힘든 고통은 전쟁 자체가 아니라 발이 너무 시렸다는 것이다. 어떻게든 불을 피우는 데만 집중했고, 마침내 몸을 녹이면 그렇게 만족스러울 수가 없었다고 한다.

정리해서 말하면, 우리는 생존이 위협받을 때 고통을 더 잘 견디고 기쁨을 더 강하게 느낀다. 이는 불확실한 미래의 불행을 걱정할 여유가 없기 때문이다. 당면한 필요에 모든 생각이 집중되는 것이다. 로빈슨 크루소*도 무인도에 거처를 마련한 후에야 고향을 그리워할 여유가 생겼다. 부자들이 사냥을 즐기는 것도 이와 같은 이유일 것이다. 사냥에는 발이 아플 것이라는 가까운 미래의 불편함과, 사냥 후 맛있는 식사를 할 수 있다는 가까운 미래의 즐거움이 있기 때문이다.

행동이 모든 것을 지배하고 속박한다. 충분히 어려운 일에 몰두한 사람은 온전히 행복하다. 반면 과거나 미래를 생각하는 사람은 완전히 행복할 수 없다. 인간은 현실의 무게를 짊어진 채 행복하거나 파멸하거나 둘 중 하나다. 하지만 걱정으로 자신의 짐을 더 무겁게 만드는 순간, 모든 길은 험난해진다. 과거와 미래가 그 길을 더

＊   영국 소설가 다니엘 디포Daniel Defoe의 1719년 작 『로빈슨 크루소』의 주인공. 로빈슨 크루소는 무인도에서 28년간 홀로 생존하다가 고국으로 돌아간다. —옮긴이

욱 거칠게 만든다.

요컨대, 자기 자신에 대해 너무 많이 생각해서는 안 된다. 흥미롭게도 다른 사람들의 대화를 들으면 오히려 내 생각을 하게 된다. 다른 사람들과 함께 행동하는 것은 언제나 즐겁다. 하지만 수다를 떨거나 불평하거나 비난하기 위해 모이는 것은 최악의 재앙이다.

인간의 얼굴은 놀라울 정도로 많은 것을 표현할 수 있어, 때로는 특정 사물을 볼 때 나타나는 표정이 과거에 잊었던 슬픔을 다시 떠올리게 할 수도 있다. 하지만 표정에 대한 이야기는 여기서 그치자. 우리는 사회 속에서만 이기적이 된다. 개인 간의 충돌, 그에 따른 반응, 말과 눈빛으로 하는 반응, 또는 우호적인 반응 등을 겪으면서 이기적이 되는 것이다. 하나의 불평이 수많은 불평을 낳고, 하나의 공포가 수많은 공포를 낳는다. 마치 양 한 마리를 따라서 전체 무리가 달려가는 것과 같다.

그래서 감수성이 예민한 사람은 어느 정도 인간 혐오에 빠지게 된다. 사람을 사귈 때는 항상 이 점을 명심해야 한다. 우리는 종종 인간관계에서 오는 부담을 피하기 위해 고독을 추구하는 섬세한 사람을 성급하게 이기적이라고 판단한다. 하지만 친구의 얼굴에 떠오른 걱정과 슬픔, 고통을 견디지 못하는 사람을 냉정하다고 할 수는 없다.

자발적으로 남의 불행에 관여하는 사람들이 과연 자신의 불행에 대해 더 주의를 기울이는지, 더 용기 있게 대처하는지, 아니면 더 무관심한지는 의문이다. 타인의 불행을 견딜 수 있다고 말한 그 모럴리스트는 단지 냉소적이었을 뿐이다. 타인의 불행은 실제로 감당하기 무거운 짐이다.

적극적으로 낙관주의를 선택하라

기분은 비관주의를 낳고 의지는 낙관주의를 낳는다. 자기 기분을 방치하는 사람은 모두 슬픔에 빠지게 된다. 아니, 이 말로는 부족하다. 자기 기분을 방치하는 사람은 신경이 곤두서고 분노에 휩싸이게 된다고 말해야 할 것이다. 어린아이들의 놀이에 규칙이 없으면 곧 싸움으로 번지는데, 여기에는 무질서한 힘 이외의 다른 원인은 없다. 무질서한 힘은 결국 붕괴하고 만다.

사실 좋은 기분이라는 건 존재하지 않는다. 기분이란 엄밀히 말해서 항상 나쁜 것이고 행복은 그것을 의지로 극복하고 통제함으로써 얻을 수 있다. 이 모든 경우에서 사고思考는 기분에 예속되어 있다. 불쾌한 기분은 사람을 놀라우리만치 바꿔놓는데, 미치광이에게서는 그것이 확대되어 더 뚜렷이 보인다. 피해망상을 앓는 불쌍한 사람들이 늘어놓는 연설을 들어보면 항상 그럴듯하고 감동적으로 느껴지는 무언가가 있다. 반면 낙관적인 담화는 진정제 역할을 한다. 낙관적인 담화는 시끄러운 분노에만 작용하여 그것을 진정시킨다. 여기서 효과를 발휘하는 것은 담화의 어조이고 내용은 노래 가사만큼도 중요하지 않다.

우리는 제일 먼저 불쾌한 기분 속에서 들리는 으르렁거림을 바꿔야 한다. 왜냐하면 그것은 우리 내부에 생긴 병인데 그 병은 외부로 온갖 이상 증상을 발생시키기 때문이다. 그렇기에 예의는 정치인이 지켜야 할 필수 규범이다. 정치와 예의는 동류의 단어이며, 예의 바른 사람은 정치적인 사람이다.

이 점에 대해서는 불면증에서 교훈을 얻을 수 있다. 누구나 이 희한한 상태를 경험해보았을 것이다. 불면증에 걸리면 존재한다는 것이 끔찍한 일로 생각된다. 이 부분을 더 자세히 살펴보자. 자기 통제는 존재의 일부이다. 아니, 자기 통제가 존재를 구성하고 유지한다고 해야 더 제대로 된 설명일 것이다. 자기 통제의 수단은 행동이다. 나무를 톱질하는 사람은 공상을 해도 금세 유익한 쪽으로 돌아선다. 사냥개들은 사냥감을 쫓고 있을 때는 자기들끼리 싸우지 않는다. 그러므로 상상의 병을 치료하는 가장 좋은 방법은 톱질하기라 하겠다. 물론 제대로 깨어 있는 사고는 그 자체로 이미 차분하다. 깨어 있는 사고는 스스로 퇴장한다.

자, 불면증의 해악은 이런 것이다. 잠자리에 드는 우리는 스스로에게 자야 하니 꼼짝하지 말고 뭘 하려 하지 말라고 명령을 내린다. 이로써 자기 통제가 상실된다. 그러면 행동과 생각은 모두 저절로 흘러가게 된다. 개들이 서로 싸우기 시작하는 것이다. 모든 몸짓이 신경질적이고 모든 생각에 날이 서 있다. 그래서 절친한 친구들에 대해서마저 의심을 품고, 모든 의미를 곡해한다. 또, 그러는 자신이 우습고 바보 같아 보인다. 이 허상은 너무도 강력해서 톱질하기만으로는 치료할 수 없다.

우리는 이로부터 낙관주의에는 맹세가 필요하다는 사실을 알 수 있다. 처음에는 이상하게 보일지라도 우리는 행복하겠다고 맹세를 해야 한다. 주인이 호통을 쳐야 개들이 싸움을 멈출 수 있는 법이다. 마지막으로, 신중을 기하기 위해서 우리는 모든 슬픈 생각을 허상이라고 여겨야 할 것이다. 슬픈 생각은 허상임이 틀림없다. 왜냐하면 우리는 아무것도 하지 않으면 곧 저절로 불행을 떠올리기 때문이다. 권태를 보면 이 사실을 잘 알 수 있다. 하지만 우리의 생각 그 자체는 자극적이지 않으며, 화를 돋우는 것은 마음의 동요이다.

이 개념은 온몸의 긴장이 풀리는 행복한 졸음의 상태에서 잘 드러나는데, 이 상태는 오래가지 않는다. 머지않아 잠에 빠져들기 때문이다. 이때 자연스럽게 잠에 들려면 어중간하게 생각하려 하지 말아야 한다. 생각을 하려면 열심히 하든가, 아예 하지 말든가 선택해야 한다. 통제되지 않은 생각은 모두 허상임을 우리는 경험으로 알고 있다. 이와 같은 단호한 판단은 생각을 한낱 꿈으로 격하시키고 거스러미 하나 없는 행복한 꿈을 마련해준다. 반대로 해몽은 무엇이든지 과장되게 설명한다. 그것은 불행의 열쇠이다.

이 또한 지나가리라

　　　　　　스토아주의자들의 강인한 정신력은 잘 알려져 있다. 그들은 증오, 질투심, 두려움, 절망과 같은 정념을 연구했고, 그 결과 노련한 마부가 말을 제어하듯 그것들을 억제할 수 있게 되었다.

　스토아주의자의 주장 중 항상 공감되고 실제로도 여러 번 유용했던 것이 하나 있다. 그것은 과거와 미래에 대한 고찰이다. 그들은 이렇게 말했다. "우리가 견뎌야 할 것은 현재뿐이다. 과거도 미래도 우리를 고통스럽게 할 수 없다. 과거는 더 이상 존재하지 않으며 미래는 아직 존재하지 않기 때문이다."

　이 말은 사실이다. 과거와 미래는 우리가 생각할 때만 존재한다. 그러니 그것은 실제 과거와 미래가 아니라, 그에 대한 우리의 의견일 뿐이다. 우리는 후회와 걱정을 만들어내느라 애쓰고 있는 셈이다.

한 곡예사가 여러 개의 단도를 쌓아 올리는 광경을 본 적이 있다. 그는 나뭇가지 모양을 이룬 섬뜩한 단도들을 이마 위에 올려놓고 균형을 맞추고 있었다. 우리도 이처럼 후회와 걱정을 쌓아 올리는 위험한 곡예를 하고 있다. 1분만 견디면 될 것을 한 시간 동안 견디고, 한 시간으로 충분한 걸 하루 종일 끌고 간다. 그렇게 열흘, 몇 달, 몇 년을 버틴다.

다리가 아픈 사람은 이렇게 생각한다. '어제도 아팠고, 그 전부터 아팠으니, 내일도 아플 거야.' 그래서 평생을 한탄한다. 이런 경우엔 지혜로도 할 수 있는 게 별로 없다. 현재의 고통을 없앨 수는 없는 노릇이니 말이다. 하지만 마음의 고통이라면? 후회하고 예측하는 버릇만 고친다면 무슨 문제가 남겠는가?

실연한 사람이 잠 못 이루고 뒤척이며 복수를 상상한다고 해보자. 만약 그가 과거와 미래를 생각하지 않는다면, 그의 슬픔에는 무엇이 남을까? 실패로 좌절한 야심가가 과거를 되새기고 미래를 상상하지 않는다면, 그 고통을 어디에서 찾을 것인가? 이들의 모습에서 우리는 끊임없이 바위를 굴려 올리는 시지프의 형벌을 볼 수 있다.

자신을 괴롭히는 모든 이에게 말하고 싶다. 당신 인생의 매 순간을 하나씩 생각하라. 각 순간은 지나가고 새로운 순간이 온다.

그러니 지금처럼 살아갈 수 있다. 지금 살고 있으니 말이다. 하지만 미래가 두렵다고, 당신은 말한다. 그건 모르는 것을 두려워한다는 뜻이다. 현재는 우리가 과거에 예상했던 것과 절대 같지 않다. 지금의 고통이 너무 생생하기에, 앞으로는 줄어들 것이라 확신해도 좋다. 모든 것은 변하고 지나간다. 이 격언은 곧잘 우리를 슬프게 하지만, 가끔은 위로가 되기도 한다.

미래는 믿는 만큼 이루어진다

"신이시여, 제발 저 사람이 밭 주인이 아니게 해주세요." 길을 잃고 남의 밭에 들어간 순진한 기숙사생들이 누군가가 오는 것을 보고 불안에 휩싸여 한 말이다. 나는 이 이야기, 아니 이 전형적인 어리석음의 예를 여러 번 고찰한 끝에야 겨우 인간적으로 이해할 수 있었다. 사실 모든 것이 황당하지만, 더 황당한 것은 저들의 생각보다도 말이다. 생각하는 법에 앞서 말하는 법을 먼저 배운 우리는 누구나 그럴 수 있다.

이 일화가 생각난 것은, 상당히 교양 있는 어떤 사람이 '그 의도적인 낙관주의며 맹목적인 희망, 자기기만'에 대해 발을 구르며 반대하고 나섰을 때였다. 그는 알랭에 대해 말하고 있었다. 그 고지식하고 거의 야만에 가까운 알랭이라는 철학자는 반박의 근거가 명백한데도 다음과 같이 주장한다고 했다. '인간이란 스스로 정직하고, 겸손하고, 이성적이고, 다정하다.' '평화와 정의는 서로 손을 맞잡고 찾아온다.' '전쟁의 미덕은 전쟁을 종식하는 것이다.' '유권자는 가장 훌륭한 사람에게 투표할 것이다.'

이런 경건한 위로 따위로 현실에서 바뀌는 건 아무것도 없다고 주장하는 것이다. 그러나 이는 산책을 나서려는 사람이 현관에서 이렇게 말하는 것이나 마찬가지다. "구름이 잔뜩 낀 걸 보니 즐거운 산책은 틀렸군. 제발 비가 안 오면 좋겠는데." 이럴 땐 차라리 그 구름이 비구름이라고 생각하고 우산을 챙기는 편이 나을 것이다. 그가 나를 조롱한 방식이 이와 같다. 그래서 나는 그저 웃어넘겼다. 그의 논리는 언뜻 보면 그럴싸하지만, 실은 얄팍한 판에 꾸민 무대장식에 불과했고, 나는 내가 지은 집의 돌벽을 직접 만지고 있었기 때문이다.

미래에는 저절로 이루어지는 미래와 스스로 만드는 미래가 있다. 현실에서는 이 두 가지가 합쳐져 진짜 미래를 만든다. 저절로 이루어지는 미래는 폭풍우나 일식 같은 것이며, 이는 바라고 말고 할 일이 아니다. 그저 객관적으로 이치를 알고 관찰해야 한다. 안경알을 닦듯이 우리 눈에 서린 정념의 수증기를 닦아야 한다.

우리가 바꿀 수 없는 하늘의 사물은 우리에게 포기라는 관념을 알려주었고, 지혜의 대부분을 차지하는 수학적 정신을 일깨워주었다. 하지만 땅의 사물은 우리 인간이 얼마나 부지런히 변화시켜왔던가! 불, 보리, 배, 길들인 개와 말 등, 만일 과학이 희망을 말살했더라면 인간은 결코 이런 작품을 만들어내지 못했을 것이다.

특히 믿음을 사실로 간주하는 인간은 스스로에 대한 믿음이 없으면 잘못된 기대를 품는다. 쓰러질 것 같다고 생각하면 쓰러진다. 아무것도 못 하겠다고 생각하면 아무것도 할 수 없다. 희망이 나를 저버린다고 생각하면 정말 그렇게 된다. 그러니 조심해야 한다.

나는 날씨를 화창하게 만들 수도 있고 폭풍우가 치도록 만들 수도 있다. 우선은 나의 내면의 날씨를 그렇게 만들 수 있고 나아가 내 주변과 인간 세계의 날씨를 그렇게 만들 수 있다. 절망과 희망은 하늘의 구름이 변화하는 것보다 빠르게 이 사람에서 저 사람으로 옮겨간다.

내가 믿으면 상대는 정직해진다. 내가 덮어놓고 비난하면 상대는 내 것을 훔치게 된다. 상대의 태도는 나의 태도에 달려 있다. 희망은 이렇게 인간이 자기 의지로 만든 바탕 위에 세워지며 의지로써만 유지될 수 있다. 평화와 정의처럼 말이다.

반면 절망은 한번 자리 잡으면 그것이 존재하는 힘으로 인해 저절로 강화된다. 지금까지의 고찰을 통해 우리는 비로소 종교가 구원받아야 할 것, 종교가 상실한 그것을 구원할 수 있다. 바로 아름다운 희망 말이다.

3장

실행

행동만이 감정과 변화를 만들어낸다

우리는 시간이 안겨준 운명보다
스스로 만들어낸 운명을 더 사랑하게 되어 있다.

실행實行: 실제로 행함

◌   이리저리 생각만 하고
      아무것도 하지 않는다면

　　　　　정치가의 사망 소식이 들리면 우리는 죽음에 대하여 명상해보게 된다. 돌연히 신학자가 된 사람들이 여기저기에서 죽음을 논한다. 누구나 자기 자신에 대해 그리고 죽음이라는 공통의 조건에 대해 생각한다. 그러나 이러한 생각 자체에는 대상이 없다. 우리는 자신을 살아 있는 존재로밖에 생각할 수 없기 때문이다. 그래서 마음이 초조해진다. 이 추상적이고 아무 형태도 없는 위협 앞에서 우리는 어찌할 바를 모른다.

　데카르트는 우유부단이 최대의 악이라고 했다. 그런데 그 속에 속수무책으로 던져진 것이다. 차라리 목을 매 죽으려는 이들의 형편이 좀 더 낫다고 볼 수 있다. 그들은 못과 밧줄을 선택했으니 말이다. 뛰어내리는 마지막 순간까지 모든 것이 자기 의지대로다. 그런데 아주 건강한 사람이 죽음이라는 막연한 위험을 생각하며 앉아 있는 것은 우스운 일이다. 통제를 벗어나 한도 끝도 없이 퍼지는 이 순간적인 마음의 동요는 적나라하게 드러난 정념이다. 달리 더 나은 대안이 없다면 카드놀이라도 해야 한다. 이는 적극적으로 생각하는 사람에게 다행스럽게도 명확히 정의된 문제, 결정해야 할 사항, 정해진 기한 등을 제공한다.

인간은 죽음을 찾아 거기에 도전한다. 할 일이 없는 사람들은 초조함 때문에 상당히 호전적이 된다. 이는 그들이 죽고 싶어서가 아니라 오히려 살고 싶어 하기 때문이다. 그리고 전쟁의 진짜 원인도 소수의 권태 때문임이 분명하다. 그들은 카드놀이처럼 명확하고 제한된 위험을 바란다.

손을 놀려 일하는 사람들이 평화적인 것은 우연이 아니다. 그들은 매 순간 승리하고 있기 때문이다. 그들의 삶은 충만하며 긍정적이다. 그들은 멈추지 않고 죽음을 이겨내고 있다. 이것이야말로 죽음을 생각하는 참된 방법이다. 전장에서 병사들의 마음을 사로잡는 것은 죽을지도 모른다는 추상적인 조건이 아니라 이런저런 구체적인 위험이다. 변증법 신학*에 대한 유일한

*   신앙의 복잡성과 모호성을 인정하면서 질문과 탐구를 중시하는 신학적 접근 방식으로 카를 바르트Karl Barth 등이 주도했다. ─옮긴이

치료법은 전쟁일지도 모른다. 형체 없는 그림자를 논하는 자들은 언제나 우리를 전쟁으로 이끈다. 이 세상에서 두려움을 치유할 수 있는 것은 현실의 위험밖에 없기 때문이다.

병에 걸리면 병에 걸릴까 봐 두려운 마음은 치유된다. 우리의 적은 언제나 상상의 산물이다. 상상 속에서는 내 손에 잡히는 것이 아무것도 없다. 이런저런 가정에 대해서 무슨 대책을 세울 수 있겠는가? 예를 들어 어떤 사람이 파산하게 되었다. 그러면 그에게는 당장 해야 할 일들이 줄줄이 이어지고 그것들을 바쁘게 처리해야 한다. 이렇게 해서 그는 자신의 생활만은 지켜낼 수 있다. 반면, 일어날지도 모르는 혁명이나 환율 급등, 주식 가치 하락 등을 상상하면서 자신이 파산할까 봐, 또 가난해질까 봐 염려하는 사람은 무엇을 할 수 있을까? 무엇을 바랄 수 있을까?

가능성은 무엇에나 열려 있으므로, 어떤 생각이 떠오르면 금세 반대되는 생각이 그것을 부정해버린다. 두려움에는 어떤 결과도 내지 못하는 마음의 동요가 있을 뿐, 다른 것은 없다. 그리고 명상은 항상 두려움을 키운다. 죽음을 생각하는 사람에게는 즉시 두려움이 몰려온다. 나는 그렇다고 굳게 믿는다. 그러나 아무것도 하지 않으면서 생각만 한다면 무엇인들 두렵지 않겠는가? 생각이 단순한 가능성 사이를 방황하기만 한다면 무엇인들 두렵지 않겠는가? 우리는 시험에 대해 생각하기만 해도 배가 아플 수 있다. 이것을 두고 칼이 위협하고 있어서 배가 아프

다고 믿을 것인가? 천만에. 대상이 없어서 초조해진 우유부단
이 어디에다 불을 지를지 몰라 뱃속에다 불을 붙인 것이다.

생각을 파고들지 말고 몸을 움직여라

무대에 올라서며 공포증을 느끼던 피아니스트가 연주를 시작하자마자 말끔히 치유되는 현상을 어떻게 설명할 수 있을까? 대부분은 그가 두렵다는 생각을 더 이상 하지 않기 때문이라고 말할 것이다. 맞는 말이다. 하지만 나는 공포심 그 자체를 조금 더 면밀히 고찰하고자 했고 다음의 사실을 이해하게 되었다.

피아니스트는 민첩한 손가락 움직임을 통해 두려움을 떨치고 이겨낸다. 왜냐하면 육체라는 이 기계에서는 모든 것이 다 긴밀하게 연결돼 있으므로, 마음이 민첩하지 않다면 손가락도 민첩할 수가 없기 때문이다. 뻣뻣함과 마찬가지로 유연함도 육체의 모든 부위에 스며든다. 그리하여 잘 통제된 신체에는 공포가 더 이상 자리 잡을 수 없다. 진정한 노래와 진정한 연설도 이에 못지않게 마음을 안정시켜주는데, 이 율동적인 행위가 몸속의 모든 근육에 스며들기 때문이다. 우리를 정념으로부터 해방시키는 것은 사고思考가 아니라 행동이라는 점은 주목할 만한 사실이지만 간과되고 있다.

사람은 자기가 원하는 대로 생각하는 것이 아니다. 그러나 행동에 대하여서는, 동작이 충분히 몸에 익고 체조로 얻은 단단하고 유연한 근육이 있다면, 우리가 원하는 대로 행동할 수 있다. 마음이 불안할 때는 이성적으로 따져보려 애쓰지 말자. 이때 우리의 이성은 스스로에게 칼끝을 돌릴 것이다. 다만 오늘날 모든 학교에서 가르치듯이 팔을 들어 올리고 구부리는 체조 동작을 해보자. 결과는 놀라울 것이다. 철학 선생이 우리를 체조 선생에게 보내는 것은 이런 이유에서다.

나는 한 비행사의 경험담을 들은 적이 있다. 풀밭에 누워 날씨가 개기를 기다리고 있던 그는 어찌할 방도가 없는 위험한 상황을 상상했는데, 그 두 시간 동안 무척이나 무서웠다고 했다. 그런데 오히려 상공에서 그에게 익숙한 비행기를 조종하자 괜찮아졌다는 것이다. 이 이야기가 다시 떠오른 것은 프랑스의 유명한 전투기 조종사 르네 퐁크[13]의 모험담을 읽을 때였다. 어느 날 전투기를 타고 4천 미터 상공을 비행하고 있는데 갑자기 조종간이 말을 듣지 않았고, 그는 추락하고 있음을 알아차렸다. 원인을 찾다가 마침내 저장고에서 떨어진 탄환 하나가 모든 장치를 마비시키고 있음을 알아챘다. 여전히 추락하는 비행기 안에서 그는 탄환을 치웠고 별다른 피해 없이 기체를 정상 궤도에 올릴 수 있었다. 그 몇 분의 상황을 추억이나 꿈속에서 돌이켜본다면 오늘이라도 이 용맹한 사나이를 떨게 할 수 있을 것이다. 그러나 지금 그것을 생각하면서 공포를 느끼는 것처럼 당시에 그가 공포를 느꼈으리라 생각한다면, 오산이다.

원한다면 해야 할 일을 하라

"잎이 돋아나는군. 곧 저기에 녹색 애벌레가 생겨서 잎을 먹어치울 거야. 나무는 허파를 잃는 셈이지. 그러면 질식하지 않으려고 새잎을 낼 거야. 봄을 한 번 더 겪는 거지. 그렇지만 기력이 달릴 거야. 해가 갈수록 결국 새잎을 피워내지 못하고 죽어버릴 테지."

나무를 좋아하는 한 친구와 함께 그의 정원을 산책하던 중, 그가 이렇게 탄식했다. 그 친구는 100년이나 된 느릅나무를 보여주면서 그 나무가 내년에 죽을 거라고 했다. 나는 말했다. "싸워야지. 이 작은 애벌레는 별것 아니야. 한 마리를 죽일 수 있으면 100마리, 천 마리도 죽일 수 있지."

그가 대답했다. "천 마리가 뭔가? 수백만은 족히 있을걸. 생각하기도 싫네."

나는 다시 말했다. "그래도 돈이 있잖아. 돈만 있으면 사람을 쓸 수 있어. 인부 열 명이 열흘 동안이면 천 마리쯤은 문제도 아니지. 이렇게 아름다운 나무를 보전하는 데 몇백 프랑이 아깝겠는가?"

그가 다시 말했다. "돈이야 있지. 하지만 일을 맡길 사람이 거의 없어. 누가 저 높은 가지까지 올라가겠나? 가지치기를 하는 사람을 써야 할 거야. 내가 알기론 이 근방에선 두 명뿐이야."

내가 그에게 말했다. "둘이면 족하지. 그 둘에게 높은 가지 쪽을 맡기는 거야. 그보다 서투른 인부들에게는 사다리를 쓰게 하고. 모든 나무를 살릴 수는 없더라도 적어도 두세 그루쯤은 살릴 수 있을 거야."

그가 마침내 이렇게 말했다. "자신이 없어. 나는 내가 어떻게 할지 알아. 벌레가 나무를 습격하는 꼴을 보지 않으려고 다른 데에 잠깐 가 있다가 올 테지."

내가 그에게 대답했다. "참 상상의 힘은 대단하군. 자네는 싸워보기도 전에 물러나고 있어. 손 닿는 데 너머의 것을 보려고 하지 마. 일이 얼마나 버거운지, 인간은 얼마나 나약한지 생각만 하다가는 아무것도 못 하지. 그렇기 때문에 먼저 시작하고 나서 할 일에 대해 생각해야 하는 거야. 집 짓는 저 석공을 보게. 묵묵히 연장 손잡이를 돌리고 있지. 커다란 석재는 겨우 조금씩 이동하고 있지만, 저택은 완성될 거야. 아이들은 계단에서 뛰놀게 되겠지. 나는 언젠가 한 직공이 드릴로 15센티미터는 족히 되는 두께의 철판을 뚫고 있는 모습을 봤어. 그는 휘파람을 불며 드릴질을 하고 있었지. 깎여 나간 강철 부스러기들이 눈송이처럼 떨어졌어. 그 과감함에 감탄을 금치 못했어. 그게 벌써 10년 전 일이야. 그 남자는 분명 그 구멍을 뚫고 이후로도 수많은 구멍을 뚫었을 거야. 애벌레가 주는 교훈이 있네. 이 벌레가 느릅나무에 무슨 대수겠어? 하지만 조금씩 갉아대다 보면 숲 전체를 깡그리 먹어치우겠지. 작은 노력이 모인 힘을 믿고 벌레에는 벌레처럼 맞서야 하지. 수많은 요인이 자네를 위해 작용하고 있어. 그러지 않으면 느릅나무는 없어질 거야. 운명이란 불안정하지. 손가락만 튕겨도 새로운 세계가 창조돼. 아무리 사소한 노력이라 해도 효과는 꼬리를 물고 나타나지. 이 느릅나무들을 심은 사람은 인생이 짧다는 생각은 하지 않았을 거야. 그처럼 과감히 실행하고 내 발밑보다 더 멀리 있는 일은 보지 마. 그러면 느릅나무를 살릴 수 있을 거야."

바라보지 말고 산을 올라라

누구나 원하는 것을 얻을 수 있다. 젊은 시절에는 이 말을 오해한다. 만나*가 떨어지기를 바라며 기다릴 줄밖에 모르기 때문이다. 그러나 만나는 저절로 떨어지지 않는다. 우리가 욕망하는 모든 것은 가만히 기다리고 있는 산과 같아서 그것을 놓칠 일은 없다. 그러나 기어오르지 않으면 안 된다.

내가 본 야심가들은 모두 주저 없이 출발해 목적지에 도달했다. 그것도 내가 생각했던 것보다 더 빨리 도달했다. 실제로 그들은 쓸모 있는 일은 절대로 미루지 않았고 도움이 되는 사람이라

※　성경에서 여호와가 이스라엘 백성을 위해 하늘에서 내려주는 기적의 음식.
　　—옮긴이

고 생각되면 정기적으로 만나기를 잊지 않았다. 또, 만나서 즐거울 뿐 도움이 되지 않는 사람은 멀리했다. 필요하다면 최후에는 아첨도 했다. 그들을 비난하는 것이 아니다. 각자 기호의 문제이니 말이다.

인사권을 쥔 사람에게 불편한 이야기를 하려거든 승진하고 싶다는 말도 해서는 안 되는 것이다. 그런다는 것은 새처럼 하늘을 날고 싶다는 식으로 승진을 꿈꾼다는 뜻이다. 또한 마치 지루한 회담이나 수고할 일이 없는 장관을 꿈꾸는 것과 같다. 나는 이런 게으름뱅이들이 이렇게 말하는 것을 많이 들었다. "나를 찾으러 오겠지. 나는 손가락 하나 까딱하지 않을 거야." 사실 그들은 조용히 있고 싶기 때문에 이렇게 말하는 것이다. 그래서 사람들은 그들을 내버려둔다. 그러므로 그들은 자기들이 스스로 생각하는 것만큼 불행한 것은 아니다.

정말 어리석은 자는 갑자기 솔개가 하는 것처럼 먹음직스러운 먹이를 한 번에 낚아채겠다고 생각하여 이틀 동안 열 번이나 뛰는 사람이다. 제대로 준비도 하지 않고 분주히 움직여봤자 잘될 까닭이 없다. 나는 유능한 사람이 발톱을 세워 일확천금을 쥐는 것을 본 적이 있다. 그런 것을 보고 우리는 때때로 이 사회가 공정하지 않다고 말한다. 그런데 그 말이 오히려 공정하지 않은 것이다. 이 사회는 구하지 않는 자에게는 아무것도 주지 않는다. 여기서 구한다는 것은 끊임없이 계속해서 구하는 일을 가리킨다.

이 사회에서는 지식과 판단력이 전부가 아니기 때문에 구한다는 행위는 나쁠 것이 없다.

정치의 필요성을 잘 아는 사람도 정치인이라는 직업에는 지탄받을 만한 점이 있어 별로 마음에 들지 않는다며 무관심으로 일관한다. 사실 어느 직업이나 그런 부분은 있게 마련인데 말이다. 그들이 지식과 판단력을 지닌들, 자기 직업을 좋아하지 않는다면 그게 다 무슨 소용이겠는가? 프랑스의 정치가 바레스[14]는 언제나 청원서를 다 수용했고 추천서를 써주었으며 공약을 잊지 않았다. 그가 훌륭한 정치인이었는지는 모르겠지만 자기의 직업을 사랑하고 있었던 것만은 분명하다.

다시 말해, 부자가 되고 싶은 사람은 누구나 부자가 될 수 있다. 이런 말을 하면 부자가 되기를 꿈꿨다가 실패한 사람들은 화를 낼 것이다. 하지만 그들은 산을 바라보았을 뿐이고, 산은 그들이 와서 오르기를 기다리고 있었던 것이다.

모든 이득과 마찬가지로 돈은 충실성을 요구한다. 많은 이들이 단순히 돈을 벌어야 하니까 벌고 싶은 거라고 생각한다. 그러나 돈은 그저 필요해서 찾는 사람을 피한다. 부를 축적한 사람은 매사에 돈 벌 궁리를 한다. 반면 겉보기에 그럴듯한 사업을 추구하는 사람이 있다. 그러니까 친구 사귀는 일처럼 즐겁고 취향과 꿈에도 맞고, 좋은 게 좋은 거라는 마음으로 하는 사업을 말하는데, 그런 사업은 뜨겁게 달궈진 돌바닥에 닿은 비처럼 증발해버린다.

일에는 엄격함과 용기가 필요하다. 옛 기사들처럼 어려움 속에서 역량을 발휘해야 한다. 매일 매시간 매상을 기록하는 사람에게 이윤이 붙는 속도는 수은과 금이 결합하는 속도보다 빠르다. 그러나 경박하게 돈을 좋아하는 자는 심판을 받게 되어 있다.

돈을 쓰고자 하는 사람은 돈을 벌지 못할 것이다. 그는 쓰고 싶은 것이지 벌고 싶은 것이 아니므로, 그것은 공정한 일이다. 지인 중에 농사를 즐겨 하는 사람이 있었다. 그는 재미 삼아 운동 삼아 파종을 하곤 했다. 그저 손해만 나지 않기를 바랐다. 그러나 이런 식으로 해서는 인과의 균형이 맞지 않는 법이다. 그는 보기 좋게 농사를 망쳤다.

세상에는 노인의 탐욕, 심지어는 거지의 탐욕이라는 것이 있다. 이는 일종의 편집증적 증상이다. 그러나 상인의 욕심은 그 직업의 속성이다. 돈을 벌고자 한다면 즉시 수단을 마련해야 한다. 다시 말해서 작은 이익들을 한데 모아야 한다. 그러지 않으면 디딜 곳을 보지도 않은 채 산을 오르는 것과 같다. 산길의 돌은 거칠고 중력은 우리를 쉬이 오르게 내버려두지 않는다. 파산은 아름다운 말이다. 손해는 상인을 뒤에서 끊임없이 잡아끌지만 언제나 그를 당겨 올려주기도 하기 때문이다. 이 또다른 중력을 느끼지 못하는 사람은 헛수고를 하는 셈이다.

○　　　　집중하는 사람에게는 권태가 없다

　　　　남자는 뭔가를 만들거나 부술 일이 없을 때 무척 불행해진다. 바느질하랴 육아하랴 바쁜 여자들은 남자들이 왜찻집에 가고 카드놀이를 하는지 절대 이해할 수 없을 것이다. 자기만의 시간을 보내고 자신에 대해 성찰하는 것은 남자들에별로 의미 있는 일이 아니다.

　괴테의 걸작 『빌헬름 마이스터의 편력시대』에 나오는 '체념하는 사람들'은 미래와 과거를 생각하지 않는 것을 규칙으로 삼는다. 이는 좋은 규칙이지만, 지키려면 눈과 손을 바쁘게 움직여야 한다. 인지하고 행동하는 것은 훌륭한 치료법이다. 반면 게으름을 피우면 곧바로 근심과 후회에 빠지게 된다.

　생각하는 것은 항상 건전하다고 할 수 없는 일종의 유희다.

생각은 보통 제자리를 맴돌 뿐 앞으로 나아가지 못한다. 그래서 루소[15]는 "생각만 하는 인간은 타락한 동물이다"라고 했다.

생각으로부터 우리를 구해주는 것은 거의 언제나 일상생활의 필요성이다. 우리 모두에게 맡은 일이 있어 다행이다. 다만 우리에게 부족한 것은 타인으로부터 벗어나 할 수 있는 소소한 일이다. 내가 여성들을 부러워하곤 하는 까닭은 그들이 뜨개질을 하거나 수를 놓을 줄 알기 때문이다. 그들의 눈은 현실의 무언가에 집중하고 있어 과거나 미래에 대한 생각이 들더라도 금방 사라진다. 반면 할 일 없는 남자들의 모임에서는 병 속에 든 파리들처럼 윙윙대며 무의미하게 시간을 보낸다.

불면증으로 잠 못 드는 시간도, 아프지만 않다면 두려울 게 없다. 그때의 상상은 너무 자유로워 현실적으로 생각할 만한 게 없기 때문이다. 잠들지 못해 뒤척이는 사람도 영화관에 있다면 자신의 존재조차 잊어버릴 것이다.

이런 맥락에서 부자들이 왜 다양한 일로 삶을 채우는지 이해할 수 있다. 그들은 스스로 많은 의무와 일을 만들어 바쁘게 살아간다. 하루에 열 곳을 방문하고도 극장으로 연주회를 들으러 간다. 좀 더 혈기 왕성한 부류는 사냥이나 전쟁 또는 위험한 여행에 뛰어든다. 어떤 이들은 자동차를 타고 달리거나 비행기를 타며 스릴을 즐긴다.

그들은 새로운 행위와 새로운 감각을 갈구한다. 그들이 바라는 것은 이 세계를 살아가는 것이지 자기 내면에 머무르는 것이 아니다. 마치 거대한 마스토돈*이 숲을 먹어치우듯이 그들은 눈으로 세상을 먹어치운다. 그중 가장 단순한 부류는 격투기 같은 거친 운동을 즐긴다. 주먹질이 그들을 현실 세계로 데려와 행복하게 만든다.

전쟁은 권태를 치유하는 방법 중 제일가는 방법일지도 모른다. 그래서 전쟁을 원한다고는 할 수 없지만, 적어도 그것을 치를 의향이 있는 사람들은 잃을 게 가장 많은 자들이라 하겠다. 죽음에 대한 두려움은 한가할 때 떠오르는 사념이다. 아무리 위험한 사념도 해야만 하는 일이 닥치면 즉시 사라진다. 그래서 전투는 분명 사람이 죽음을 가장 적게 생각하는 상황이 아닐까. 여기에서 모순이 발생한다. 삶을 가득 채울수록 잃을 것에 대한 두려움은 줄어든다는 것이다.

＊　　Mastodon, 신생대에 번성했던 코끼리의 통칭. ─옮긴이

즐거움은 행동과 함께
절로 생겨난다

　　　　서구 종교들의 큰 오류 중 하나는 인간이 본질적으로 이기적이며, 신의 구원 없이는 이를 극복할 수 없다고 가르친 것이다. 프랑스 철학자 오귀스트 콩트[11]도 이 점을 지적한 바 있다. 이 사상은 모든 것을 오염시켰고, 심지어 헌신의 개념마저 변질시켰다. 그 결과, 개방적이고 자유로운 사상가들 사이에서도 이상한 견해가 생겨났다. 즉 자기희생조차도 일종의 쾌락 추구라는 것이다.

　　"어떤 이는 전쟁을 좋아하고, 또 어떤 이는 정의를 좋아한다. 그리고 나는 포도주를 좋아한다." 심지어 무정부주의자들조차 이런 식으로 신학자처럼 말한다. 반항은 굴욕에 대한 반응일 뿐이라고 본다. 이 모든 것은 같은 통에서 나온 술이다.

실제로 인간은 쾌락보다 행동을 더 좋아한다는 사실을 알아야 한다. 이것은 젊은이들이 축구 경기를 하는 것만 봐도 알 수 있다. 공을 두고서는 우르르 떼지어 주먹질이며 발길질이 이어지고 결국엔 시커먼 멍 자국과 반창고를 남기는 그런 상황 말이다. 그런데 이 모든 일은 모두가 열의에 차서 바란 일이다. 모든 것은 추억으로 남고, 그때를 떠올릴 때마다 열정을 느낀다. 두 다리는 이미 달려 나가려 한다. 이때의 주먹질과 아픔과 피로를 무시할 수 있는 것은 관대함 덕분이다.

같은 맥락에서 전쟁이라는 극단적인 상황을 생각해볼 수 있다. 전쟁에서 가장 두드러지는 것은 잔혹함이 아니라, 그 잔혹함을 무시하는 관대함이다. 전쟁의 가장 추한 면은 전쟁을 준비하는 집단의 노예적 정신상태와 그것이 전쟁 후에도 지속된다는 점이다. 전쟁의 혼란은 훌륭한 사람들은 죽고, 부정한 자들이 권력을 잡게 되는 것이다. 본능적 판단력마저 전쟁 중에는 흐려진다.

이 모든 것은 깊이 생각해볼 가치가 있다. 이기주의자의 냉소는 무의미하다. 그들은 기쁨과 고통을 계산할 때 자신의 관대한 감정까지 포함시키려 한다. "명예를 사랑한다니, 얼마나 어리석은가. 게다가 남을 위해서라니!"

한편 가톨릭의 수호자 파스칼은 다음과 같이 겉보기에는 심오한 말을 남겼다. "우리는 목숨도 기꺼이 버릴 것이다. 사람들 사이에서 회자되기만 한다면." 그런가 하면 남이 주었다면 탐내지도 않았을 토끼 한 마리를 잡기 위해 무진 애를 쓰는 사냥꾼을 비웃은 이도 파스칼이었다.

신학적 편견은 인간이 쾌락보다 행동하기를 더 좋아한다는 사실을 가리려 한다. 특히 인간이 절제된 행동과 정의로운 행동을 선호한다는 점을 말이다. 이런 행동에서 무한한 즐거움이 나온다. 그러나 행동이 즐거움을 좇는다고 보는 것은 잘못이다. 즐거움은 행동과 동시에 발생하기 때문이다. 사랑의 기쁨은 쾌락에 대한 욕구를 잊게 만든다. 개와 말을 부리는 이 대지의 아들은 이렇게 만들어졌다.

반면, 이기주의자는 잘못된 판단으로 자신의 행운을 놓친다. 그는 쉽게 얻을 수 있는 쾌락만 추구한다. 하지만 그의 계산법은 진정한 기쁨을 무시한다. 진정한 기쁨은 항상 고통을 먼저 요구하기 때문이다. 그래서 신중한 계산만으로는 늘 고통에 사로잡히게 된다. 불안은 언제나 희망보다 강하므로, 이기주의자는 결국 질병, 노화, 죽음의 불가피성에 사로잡힌다. 그리고 그에게 찾아오는 절망은 그가 잘못 이해했다는 증거이다.

오직 나의 행동이
행복과 자유를 만든다

마라토너들은 고통스럽게 달린다. 축구 선수들도 고통스럽게 뛴다. 복싱 선수들도 고통스럽게 경기를 한다. 우리는 인간이 쾌락을 추구한다고 배웠지만 꼭 그런 것만은 아닌 것 같다. 오히려 인간은 고통을 추구하고 좋아하는 것처럼 보인다. 철학자 디오게네스는 말년에 이렇게 말했다.

"제일 좋은 것은 바로 고통이다."

이를 통해 볼 때, 사람들은 그들이 추구하는 고통 속에서 쾌락을 찾아낸다고 할 수 있다. 하지만 이는 말장난에 불과하다. 쾌락이 아니라 행복이라고 해야 한다. 이 둘은 속박과 자유만큼이나 매우 다른 개념이다.

우리는 남의 지시를 따르기보다 스스로 행동하기를 원한다.

일부러 고통스럽게 운동하는 사람들도 누군가 시키는 일은 좋아하지 않을 것이다. 누구도 강요된 일이나 우연히 맞닥뜨린 불행, 또는 의무감에서 하는 일을 좋아하지 않는다. 하지만 자유의지로 고통을 선택했을 때, 그 순간 만족을 느낀다.

나는 이 '프로포'를 쓰는 중이다. 어떤 작가들은 글쓰기가 너무나 고통스럽다고 말한다. 하지만 누구도 그들에게 글을 쓰라고 강요하지 않았다. 그들 스스로 선택한 이 일은 기쁨이며, 더 정확히는 행복이라고 할 수 있다. 복싱 선수는 날아오는 주먹을 좋아하지 않는다. 그러나 어디서 날아올지 모르는 주먹을 피하는 것을 즐긴다. 자신의 노력으로 얻어낸 승리보다 더 통쾌한 것은 없다. 결국 우리가 좋아하는 것은 자기 자신을 지배하는 권력이다. 헤라클레스는 괴물들을 찾아가서 처단함으로써 스스로에 대한 권력을 증명했다. 하지만 사랑에 빠지자마자 그의 정신은 예속되었으며 쾌락의 힘을 느끼게 된다. 모든 인간이 다 그렇다. 그래서 쾌락은 인간을 슬프게 한다.

구두쇠는 수많은 쾌락을 멀리한다. 그리고 쾌락을 극복하고 권력을 축적함으로써 생생한 행복을 만든다. 그것은 구두쇠가 스스로 원해서 이룬 과업이다. 유산을 받아서 부자가 된 구두쇠는 애처롭다. 그가 구두쇠라면 말이다. 행복은 근본적으로 시와 같다. 시는 행동을 노래하기 때문이다. 우리는 거저 주어진 행복을 좋아하지 않는다. 행복을 스스로 만들어가고자 하는 것이 우리의 바람이다.

어린아이는 우리가 애써 가꾼 정원을 보고 코웃음을 친다. 그리고 모래를 쌓고 지푸라기를 얹어 자기만의 아름다운 정원을 만든다. 스스로 수집하지 않는 수집가를 상상할 수 있겠는가?

나는 사람들이 전쟁에서 얻는 만족이 바로 스스로 전쟁을 일으켰다는 데에 있다고 생각한다. 무장을 하는 순간, 군인에게는 각자 명백한 자유가 주어진다. 군인들을 억지로 싸우게 하려는 군 지휘관이 있다면 비웃음을 살 것이다. 그러나 군인들이 자신에게 주어진 자유를 느낀다면 그 즉시 새로운 삶에 뛰어들 것이다.

우리는 언제나 죽음을 두려워하지만, 결국에는 맞이한다. 그러나 죽음을 앞질러서 그것을 결투장으로 먼저 소환해내는 사람은 자신이 죽음보다 더 강하다고 여긴다. 군인에게는 죽음을 기다리기보다 찾으러 가는 편이 훨씬 쉽다는 것을 우리 모두는 잘 알고 있다. 그리고 우리는 시간이 안겨준 운명보다 스스로 만들어낸 운명을 더 사랑하게 되어 있다. 그러므로 전쟁에도 시가 있다. 전쟁은 적마저 미워하지 않게 만든다. 이 모든 정념은 자유의 도취상태로 이해할 수 있다. 흑사병은 인간에게 강제된 것이지만, 도박과 마찬가지로 전쟁은 인간이 발명한 것이다. 그런 이유로 나는 신중함만으로는 완전한 평화를 보장할 수 없다고 본다.

인간은 정의에 대한 사랑으로 평화를 지켜나간다. 정의를 실천하기란 다리나 터널을 건설하기보다 어렵기 때문이다. 그런 까닭에 평화가 오는 것이다. 오직 그 때문이다.

○   행동으로 기뻐하되,
         행동의 위력을 경계하라

내가 보기에 세상에서 가장 행복한 사람은 경찰국장이다. 왜냐하면 경찰국장은 늘 행동하며, 항상 새롭고 예측 불가능한 상황에 놓이기 때문이다. 때로는 화재 현장으로, 때로는 수해 현장으로, 또 붕괴 및 자동차 사고 현장으로 출동한다. 그런가 하면 진흙탕이 된 곳, 먼지가 자욱한 곳, 질병이 창궐하고 가난한 곳을 조사한다. 그뿐만 아니라 분노한 자, 또 때로는 열망에 휩싸인 자를 상대한다.

이렇게 그는 실재하는 명확한 사건 속에서 수행해야 할 명확한 행동을 취하며, 이로써 매 순간 행복을 느낀다. 그에게는 모든 상황에 적용되는 일반 규칙이 없다. 불필요한 서류 작업도, 민원 처리도, 형식적인 위로 편지도 없다. 이런 일은 하급 직원들이 한다. 경찰국장이 할 일은 상황을 파악하고 행동하는 것뿐이다. 이 두 개의 수문이 열리면, 인간의 마음은 삶의 물결을 따라 깃털처럼 가볍게 실려 간다.

게임의 매력도 여기에 있다. 복잡한 카드게임은 인식에서 행동으로 빠르게 전환하게 만든다. 축구는 이를 더 잘 보여준다. 새로운 상황을 파악하고, 즉시 대응 방법을 생각해 행동으로 옮긴다. 이를 통해 사람들은 삶의 충만함을 느낀다. 이 이상 무엇을 바라겠는가? 무엇을 걱정하겠는가? 시간이 흐르면 후회도 사라진다.

우리는 도둑이나 강도의 마음속에는 대체 무엇이 들었는지 궁금해한다. 하지만 그들의 마음속엔 별것 없을 것이다. 그들은 항상 경계하거나 아니면 잠을 잔다. 다음 행동만을 생각할 뿐, 처벌에 대한 두려움이나 다른 생각을 할 여유가 없다. 이 눈멀고 귀먹은 기계는 사람들을 두렵게 한다.

행동에 몰입하면 의식이 흐려지는 건 모든 사람에게 해당된다. 이런 무자비함은 나무꾼의 도끼질에서도 볼 수 있다. 국가 수반의 행적에서는 그런 폭력성이 별로 보이지 않는 것 같지만, 실은 그 결과에서 드러난다. 도끼처럼 거칠고 냉담한 사람이, 자신에게도 가혹하다는 건 놀랄 일이 아니다. 권력은 타인뿐 아니라 자신에게도 자비롭지 않다.

전쟁은 왜 벌어지는가? 인간이 행동 속에 빠져 허우적대기 때문이다. 사람의 생각은 전차의 불빛 같아서, 전차가 움직이면 빛이 약해진다. 깊이 있는 사고가 줄어들면서 행동이 가공할 만한 위력을 얻고 득세한다. 행동이 내면의 빛을 꺼버리면, 스스로 통제할 수 없게 된다. 우울, 삶에 대한 환멸, 음모, 위선, 원한, 비현실적 사랑, 나쁜 습관 같은 것들도 사라진다.

그뿐만 아니라 정의마저 행동의 물결에 떠밀려 빛을 잃는다. 경찰국장은 화재나 홍수와 싸우듯 폭동에 대응한다. 폭도들은 내면의 빛을 잃어 자연재해와 다름없는 상태다. 어둠 속에서 야만성만 남는다. 이러한 이유로 고문 집행관은 형틀에 죄수를 묶어 못을 박고, 판사들은 자백을 강요한다. 갤리선에 묶인 죄수들은 노를 저으며 헐떡거리다 죽어간다. 또 다른 자는 죄수를 채찍질한다. 채찍질하는 자는 오직 채찍질만을 생각한다. 폭력은 한번 시작되면 멈추기 어렵다.

경찰국장은 가장 행복할지 모르지만, 가장 유용한 사람은 아닐 것이다. 무위無爲야말로 모든 악덕의 어머니이자, 동시에 모든 미덕의 어머니다.

지루한 왕보다 노동하는 농부가 낫다

우리는 보통 실제 재물에서 얻는 행복보다 상상 속 행복을 더 크게 느낀다. 재물을 얻으면 모든 것이 끝났다고 여기고 더 이상 노력하지 않기 때문이다. 세상에는 두 종류의 부가 있다. 하나는 우리를 게으르고 지루하게 만드는 부이고, 다른 하나는 만족감을 주는 부이다. 후자는 우리에게 계획을 세우고 일을 지속하고 싶은 욕구를 준다. 마치 농부에게 경작할 땅이 주어진 것과 같다. 그 땅은 결국 지주의 소유지만, 농부에게 만족감을 주는 것은 휴식할 권력이 아닌 행동할 권력이다.

아무것도 하지 않는 사람은 아무것도 좋아하지 않는다. 그런 사람에게는 완벽한 행복을 준다 해도 병자처럼 고개를 떨굴 뿐이다. 음악을 연주하기보다 듣기만을 좋아하는 사람은 어떨까?

어려운 일을 맡은 사람은 남을 만족시켜야 하는 쪽이다. 우리는 도로의 장애물을 피할 때마다 피가 솟구치고 열정이 다시 타오른다.

아무런 고통 없이 얻은 올림픽의 영광이 무슨 소용이 있겠는가? 누가 질 가능성이 전혀 없는 카드게임을 하고 싶어 하겠는가? 신하들과 카드놀이를 한 늙은 왕 이야기가 있다. 왕은 지면 화를 냈고, 이를 깨달은 신하들은 항상 져주었다. 결국 왕은 카드놀이를 그만두고 사냥을 나갔다. 하지만 그의 사냥에서는 사냥감이 저절로 나타났다. 그곳에서는 노루들도 왕의 신하였던 것이다.

나는 이런 왕을 여럿 알고 있다. 그들은 가정이라는 작은 왕국의 꼬마 왕들이다. 그들은 지나치게 사랑받고, 주변에서는 비위를 맞춰준다. 그들은 무엇을 원할 새가 없다. 왕의 생각을 읽는 눈들이 그를 주시하고 있기 때문이다. 이 작은 제우스 신은 어떻게든 벼락을 내리고 싶어 한다. 그는 없던 장애물을 만들고 고집스러운 욕망에 집착하며 변덕을 부린다.

만약 신이 권태로 죽지 않았다면, 당신에게 이 평탄한 왕국의 통치를 맡기지 않기를 바란다. 대신 당신을 비탈진 산길로 인도하기를, 깊은 눈과 넓은 이마를 가진 안달루시아 당나귀와 함께 걷게 하기를 바란다. 그 당나귀는 가끔 멈춰 서서 길에 드리운 자기 귀 그림자를 빤히 바라볼 것이다.

최고의 노동, 최악의 노동

노동은 최고의 것이자 최악의 것이다. 자유롭게 일한다면 최고이고, 노예처럼 일한다면 최악이다. 자유로운 노동이란 노동자가 자신만의 지식과 경험으로 통제하는 노동이다. 문짝을 만드는 소목장처럼 말이다. 소목장이 자신이 사용할 문을 만들 때는 더욱 특별하다. 그 과정이 경험이 되어 미래를 대비할 수 있기 때문이다.

우리가 잊지 말아야 할 점은, 문을 만드는 데 쓰인 그의 지성이 문을 만들지 않았다면 쓸데없는 정념에 소모되었을 것이라는 사실이다. 사람은 감시자 없이 일감과 자신뿐인 상황에서 자기가 하던 일의 흔적을 보고 일을 계속해나갈 때 행복감을 느낀다. 이때 일에서 얻는 교훈은 언제나 잘 습득된다.

더 좋은 것은 직접 배를 만들어 타는 일이다. 손수 만든 키를 움직일 때마다 자신의 노력이 느껴지며, 사소하게 신경 쓴 부분까지 모두 찾아낼 수 있다. 도시 외곽에서는 가끔 공장 노동자들이 남은 재료를 가지고 재미 삼아 작은 집을 날마다 조금씩 짓는 모습을 볼 수 있다. 어떤 궁전도 그 작은 집보다 큰 행복을 주지는 못할 것이다.

손수 만든 문의 걸쇠 위에서 자기 망치질의 흔적을 느끼는 사람은 누구보다 행복하다. 고통이 곧 즐거움을 만드는 것이다. 모든 인간은 남의 지시에 따르는 일률적인 일보다, 스스로 창조하고 시도하며 때로는 실패하는 어려운 일을 더 좋아할 것이다. 가장 나쁜 상황은 상급자가 와서 하던 일을 방해하고 중단시키는 것이다. 그런 면에서 허드렛일하는 하녀는 세상에서 가장 불쌍한 존재다. 칼질을 하고 있는데 그만두고 가서 마루를 닦으라고 하기 일쑤다. 그럼에도 불구하고 그중에서도 활기찬 이들은 주어진 일을 토대로 자기만의 왕국을 세우고 거기에서 행복을 만들어낸다.

현대인은 고트족, 프랑크족, 알라만족 그리고 여타 무시무시한 약탈자들과 크게 다르지 않다. 다만 현대인은 지루해하지 않는다. 아침부터 저녁까지 자기 의지에 따라서 일을 하는 한 앞으로도 지루할 일은 없다. 그렇게 해서 집단 농업에서는 지루해진 자들이 동요하더라도 속눈썹이 움직이는 정도에서 그

친다.

물론 공업의 대량생산 체제에서는 같은 사정이 통하지 않음을 인정해야 하겠다. 그러므로 포도 넝쿨을 느릅나무에 감기게 하듯 공업을 농업과 결합해야 할 것이다. 모든 공장을 시골에 짓고 공장 근로자들이 토지 소유자가 되어 경작도 직접 하게 될 것이다. 이 새로운 살렌토*에서는 마음이 동요되더라도 차분한 정신이 이를 보완해준다. 이런 시도는 철도 건널목지기의 작은 정원에서 볼 수 있다. 포석 사이로 자라난 잡초처럼, 철로를 따라 끈질기게 피어난 꽃들이 바로 그런 시도 아니겠는가?

＊　그리스 신화에 나오는 고대 이탈리아의 도시. 페늘롱François Fenelon의 소설 『텔레마코스의 모험』에서 이상향으로 그려진다. ─옮긴이

규율과 의식이 내적 평화를 선사한다

우유부단이 가장 큰 해악이라면 의식, 직업, 의복, 유행은 이 세상의 신들이라 할 수 있다. 즉흥이 사람을 자극하는 이유는 타인을 향해 어떤 행동과 말을 해야 하는지 생각하느라 그렇다기보다는 두 가지 행동이 몸에서 섞이기 때문이다. 그 결과 우리 몸의 하인인 근육은 몹시 불안해지고, 폭군인 심장도 덩달아 놀란다. 그러므로 별안간 어떤 독촉을 받은 사람은 환자라고까지 할 수 있다. 그래서 자유는 사람을 심술궂게 만든다는 것이다. 어린아이를 보면 잘 알 수 있다. 자유롭게 놀이를 하도록 하면 결국 난폭하게 끝나지 않는 법이 없다.

그렇다고 해서 인간의 나쁜 본능은 언제나 활시위처럼 팽팽하게 당겨져 있고 규율이 그것을 억누르고 있다고 생각해서는 안 된다. 규율은 오히려 사람을 즐겁게 한다. 규율이 없으면 사람은 불쾌해지고, 우유부단으로 인해 초조해지고, 결국 엉뚱한 짓을 저지르게 된다. 벌거벗은 사람은 미치광이가 아니겠는가. 의복은 이미 하나의 규율이며 모든 규율은 이 의복처럼 즐거운 것이다.

루이 14세는 측근들에 대해 불가사의하리만치 놀라운 권력을 갖고 있었다. 그 권력은 깨는 법, 자는 법, 용변 보는 법 등 그가 정한 모든 규율에서 나왔다. 그가 권력자였기 때문에 이러한 규율을 부과할 수 있었다고 말해서는 안 된다. 반대로 그 자신이 규율 자체였기 때문에 그런 힘을 가졌다고 말해야 할 것이다. 그의 측근이라면 누구나 한 발짝 가까이 다가갈 때마다 무엇을 해야 하는지 항상 알고 있었다. 그래서 이집트적 평화*라는 관념이 생겨났다.

전쟁은 인간을 불쾌하게 만드는 모든 요소를 가지고 있다. 하지만 그런 측면에서만 따지면 오류를 범하기 쉽다. 왜냐하면 인간은 전쟁에서 금세 평화를 발견하기 때문이다. 내가 말하는 평화는 우리의 피부 밑에 거주하는 진정한 평화이다. 우리는 각자가 해야 할 일을 알고 있다. 이성은 덧없이 불행을 상기시키지만, 그것은 두렵지 않다. 이성은 환희를 완전히 덮어버리지 못하기 때문이다. 누구나 자기 운명의 몫으로 맡겨진

＊　규율에 입각한 평화. ─옮긴이

명확한 직무와 미룰 수 없는 행동을 알게 된다. 모든 생각이 그곳을 향해 달려가고 몸이 그 뒤를 따른다. 이렇게 해서 이루어지는 합치가 인간의 사물적 상태를 만든다. 이것은 우리가 태풍을 견디듯 견뎌야만 하는 것이다. 우리는 권력이 그토록 많은 것을 차지하는 것을 보고 경악한다. 그러나 권력은 많은 것을 요구하기에 많은 것을 차지하는 것이다.

이와 같은 맥락에서 수도사의 규율은 우유부단을 치유하는 데 매우 효과적이다. 기도하기를 권유하는 것만으로는 소용이 없다. 몇 시에 어떤 기도를 하라고 정해주어야 한다. 이유를 대지 않고 언제나 간결하게 명령을 내리는 것이 권력에 어울리는 지혜다. 조금이라도 이유가 붙으면 생각이 하나둘 떠오르다가 금세 무수한 생각으로 불어나고 만다. 물론 생각한다는 건 즐거운 일이다. 그러나 생각하는 즐거움에는 곧 결정하는 일이 뒤따른다.

이런 인간의 본보기가 바로 데카르트이다. 그가 전쟁에 참가했다는 사실을 우리 모두가 알지만 그것이 자신의 즐거움을 위해서였다고 말할 수는 없다. 그는 다만 그를 괴롭히는 사유로부터 해방되려는 방편으로 전쟁을 택한 것이다.

사람들은 패션을 비웃고 싶어 한다. 하지만 패션이란 매우 진지한 것이다. 우리는 마음으로는 상대를 무시하더라도 우선 넥타이를 맨다. 제복과 수도사의 가운은 마음을 차분히 하는 데에 놀라운 효과가 있다. 그 의복들은 일종의 잠옷이다. 생각하지 않아도 저절로 행동하게 된다는 기분 좋은 나태, 그것도 가장 기분 좋은 나태의 옷 주름이다. 패션도 같은 목적을 지향한다. 다만 여기에서는 상상하며 고르는 즐거움도 있다. 이런저런 색깔이 우리를 유혹하고 결정 장애 같은 것도 생겨난다. 선택이 고통스럽다 해도 이는 연극의 전개 방식처럼 나중에 더 큰 만족감을 느끼기 위한 단계일 뿐이다. 그래서 어제는 빨간 옷이 마음에 들었다가 오늘은 파란 옷이 마음에 들기도 한다.

이것은 의견의 일치이며, 이 합의가 패션을 드러낸다. 그로부터 인간을 진정으로 아름답게 만드는 마음의 평온이 생긴다. 금발에는 노란색이 어울리지 않으며 갈색 머리카락에는 초록색이 받지 않는다는 것은 사실이다. 그러나 불안과 욕망, 회한으로 찌푸린 얼굴은 누구에게도 어울리지 않는다.

유용한 노동은 휴식보다 즐겁다

도스토옙스키의 소설 『지하로부터의 수기』는 죄수의 모습을 적나라하게 보여준다. 그곳에서는 모든 허식이 벗겨지고, 불가피한 가식만이 남는다. 그마저도 때때로 본모습이 드러난다.

강제 노역을 하는 죄수들의 일이란 대체로 무의미하다. 예를 들어 목재 값이 형편없는 나라에서 목재를 얻을 요량으로 낡은 함선을 해체하는 노동을 하는 식이다. 죄수들도 이 사실을 잘 안다. 아무런 희망도 없이 종일 노동만 하는 죄수들은 게으르고 음울하고 솜씨도 서투르다. 그러나 오후까지로 작업 시간을 정하고 힘들고 까다로운 일을 맡기면, 죄수들은 곧 손놀림이 빨라지고 머리를 쓰며 즐거워한다. 눈 치우기처럼 실제로 유용한 일이라면 더욱 그렇다.

이 생생한 묘사를 꼭 읽어보기 바란다. 이를 통해 우리는 유용한 일 자체가 기쁨이 된다는 사실을 알 수 있다. 그 일이 가져올 이익이 아니라 일하는 자체가 기쁨이 되는 것이다. 예를 들어 명확히 정해진 일이 있고 그 후에 휴식이 예정되어 있으면, 죄수들은 쾌활하고 즐겁게 일한다. 작업이 끝나면 30분의 휴식이 주어진다는 생각이 죄수들을 움직이고 함께 서두르게 만든다.

그런데 갑자기 문제가 생기면, 이번에는 그 문제를 해결하는 일이 그들을 즐겁게 한다. 상상하고 실현하는 즐거움, 원하는 대로 이루는 즐거움은 30분 휴식의 즐거움보다 훨씬 크다. 게다가 30분의 휴식이라고 해봤자 감옥 안에서의 시간 아닌가. 내 생각에 그 시간을 잘 보낼 수 있는 이유도, 방금 전까지 열심히 했던 일의 생생한 기억 때문이다. 인간에게 가장 큰 즐거움은 분명 운동 경기에서처럼 협동심을 발휘할 수 있는, 어렵고 자유로운 일 속에 있다.

어떤 교육자는 아이에게 계속 공부만 하도록 시켜 평생 게으른 사람으로 만든다. 그 아이는 뭉그적대며 공부하는 데 익숙해진다. 다시 말해 서투르게 공부하는 데 익숙해진다. 결국 아이는 견딜 수 없이 피곤해지고, 그 피로감이 자꾸 공부에 섞여든다. 공부와 피로를 분리한다면, 공부도 잘되고 피로도 풀릴

텐데 말이다.

　지루한 노동은 걷고 숨 쉴 목적으로만 하는 산책과 비슷하다. 그런 산책은 걷는 내내 피곤하다가 돌아오는 길에서야 좀 나아진다. 반면 힘든 일을 하면서도 지치지 않고 가뿐한 사람은 완벽한 휴식과 깊은 단잠의 즐거움을 누릴 수 있다.

희망을 내려놓고 일단 시작하기

시작하는 것이 동기보다 더 중요하다. 강력한 협력 동기가 있다 해도, 평생 마음속으로 이리저리 뜯어보기만 하다가 결국 협력하지 않는 수도 있다. 활발한 협력체에는 창설자가 필요하다. 모든 일에 있어서 주춧돌의 존재는 그 일을 지속해 나갈 충분한 이유가 된다. 따라서 전날 자신이 해놓은 일에서 자기 의지의 흔적을 발견하는 사람은 행복하다.

우리는 사람이 늘 좋은 쪽을 지향한다고 생각한다. 그러나 나는 합리적인 목적 앞에서도 게으름을 피우는 사람을 많이 봤다. 그들의 상상력은 아직 존재하지 않는 일에 관심을 둘 만큼 강하지 않다. 그래서 우리는 남들이 이룬 일을 멋지다며 구경하지만, 거기에 우리가 이룬 일은 없다.

상상력은 여러 방식으로 우리를 속인다. 그중에서도 우리가 주로 속는 이유는 상상이 주는 생생한 흥분 때문에 그 상상이 무엇인가를 알려준다고 믿기 때문이다. 그러나 그 무용한 동요는 그것으로 그칠 뿐이다. 동요는 지금 겪는 일이고 계획은 언제나 미래에 있기 때문이다. 게으른 사람은 "해야지"라고 말한다. 제대로 된 사람이라면 "하고 있다"라고 말해야 한다. 미래를 품고 있는 것은 행동이기 때문이다.

　　미래는 예측 불가능하다. 일에서도 마찬가지다. 일이 우리에게 보여주는 미래는 생각과는 전혀 다르며, 언제나 더 아름답다. 그런데 누구도 이 사실을 믿지 않는다. 공상가들은 다른 사람들이 해놓은 일보다 자기가 계획하고 있는 일이 훨씬 멋지다고 계속 떠든다. 반면 일하느라 바쁘고 행복한 사람들을 보라. 그들은 모두 과거에 자신이 시작해둔 일을 하러 달려간다. 그 일은 한창 잘되는 식료품 가게일 수도 있고 우표 수집일 수도 있다. 누구나 알고 있듯, 궤도에 올라 열심히 하는 중인 일이라면 무엇이든 하찮은 일은 없다. 일하는 사람들은 상상을 성가시게 여기고 자기 일을 키워나갈 주춧돌을 갈망하며 찾는다.

　　이제 첫 바늘땀을 뜬 자수는 지금으로서는 아무것도 아니다. 그러나 바느질이 진행되어감에 따라 우리의 열망은 더 부채질되고 가속도가 붙는다. 그렇기 때문에 신념이 첫째가는 미덕이요, 희망은 그다음이다. 시작할 때는 아무런 희망도 품지 말고 그냥 시작해야 한다. 그러고 나면 일이 진척되고 발전함에 따라 저절로 희망이 생겨난다. 제대로 된 계획이라면 추진해나아갈 수밖에 없다. 나는 미켈란젤로가 모든 인물의 모습을 머릿속에 미리 가지고 있다가 그림을 시작했다고 생각하지 않는다. 어쩔 수 없이 일을 맡게 된 그는 "이건 정말 내 일이 아니다."*라고 했으니 말이다. 그는 다만 붓질을 시작했을 뿐이고 그에 따라 그림이 나타났을 뿐이다. 이것이 그림을 그린다는 행위다. 다시 말해, 그리는 것을 발견하는 행위다.

우리는 행복이 그림자처럼 우리에게서 달아난다고 말한다. 우리가 상상한 행복을 가질 수 없다는 것은 사실이다. 스스로 만든 행복은 상상한 것도 아니며 상상할 수도 없다. 그것은 실재하는 것 그 이상도 이하도 아니므로 상상으로 그려낼 수 없다.

작가들이라면 모두 알겠지만, 좋은 소재라는 것은 존재하지 않는다. 나는 이 말에 더해 좋은 소재를 믿어서는 안 된다고 생각한다. 다만 그것에 가까이 다가가고, 글을 시작하는 것만이 좋은 소재를 둘러싼 환상을 허물 수 있다. 그리고 그 일은 희망을 내려놓고 신념을 가짐으로써 시작할 수 있다. 먼저 파괴하고 나서 다시 시작하는 것이다.

---

* 　미켈란젤로가 시스티나 성당의 천장 벽화 작업을 명령받았을 때 거부의 심경을 담은 편지 속 표현이다. 그럼에도 그는 결국 벽화를 완성했으며 이때 '아담의 창조'가 탄생했다. —옮긴이

그런 점에서 우리는 소설과 현실의 모험 사이에는 언제나 큰 차이가 있다는 사실을 이해할 수 있다. 화가여, 모델의 미소를 즐기지 말라.

◌   가장 큰 적은 내 안에 있다

나는 어제 한 광고에서 이런 글귀를 보았다.

"일급 비밀. 인생을 성공으로 이끌고, 타인의 마음을 흔들어 유리하게 이용하는 확실한 비법. 누구나 가진 생명의 묘약, 그러나 사용법을 아는 사람은 그 유명한 아무개 선생뿐. 10프랑에 알려드립니다. 이제 사업 성공을 이루지 못한 사람은 단돈 10프랑이 없어서……."

광고를 실은 신문사도 돈을 받았을 테니, 이 성공학 선생인지 약장수인지를 찾는 고객이 제법 있다는 뜻이다.

그러고 보니 이 아무개 선생은 자기 생각보다 훨씬 용한지도 모르겠다는 생각이 들었다. 생명의 묘약은 그렇다 치고 그는 대체 어떤 역할을 하는 것일까? 사람들에게 조금이라도 신뢰를 주었다면 그것만으로도 대단한 일이다. 커다랗게만 보이는 작은 어려움을 해결하기에는 그것만으로도 충분하다. 우유부단은 문제 해결의 가장 큰 장애물이자 대개는 유일한 방해꾼이다.

하지만 나는 그의 역할이 그 이상이라고 본다. 그는 무의식적으로 고객들이 집중하고, 반성하고, 일의 순서와 방법을 생각하도록 이끌 것이다. 또 '생명의 묘약'을 뿌릴 때 고객의 마음이 특정 대상에 집중되도록 만들 것이다. 아마도 그는 고객이 완전히 집중할 때까지 조금씩 훈련시켰을 것이다. 이런 과정을 통해 적지 않은 돈을 벌었겠지만, 그의 방법이 효과를 본 이유는 두 가지다.

첫째, 사람들이 자신에 대한 부정적 생각에서 벗어났기 때문이다. 과거의 실패, 현재의 피로, 건강 걱정 등 시시각각 불어나던 무거운 짐에서 해방된 것이다. 얼마나 많은 사람이 불평하는 데 인생을 낭비했던가!

둘째, 사람들이 자신이 진정으로 원하는 것과 주변 상황을 명확히 인식하게 되었기 때문이다. 모든 것을 뒤섞어 혼란스럽게 만들지 않고 말이다. 이후 그들에게 성공이 찾아오는 건 당연한 일이다.

나는 그의 성공을 우연으로 보지 않는다. 만약 우연이라면, 불운한 우연은 어떻게 설명할 것인가? 보통 사람들은 자신에게 적이 있다고 생각하며 오해를 쌓아간다. 인간은 그리 논리적으로 생각하지 못한다. 그래서 누구나 친구를 만들 때보다 적을 만들 때 더 신경 쓴다.

누군가가 우리에게 악의를 품고 있다는 걸 알게 되면 어떨까? 그 사람은 시간이 지나면 잊겠지만, 우리는 절대 잊지 못한다. 그래서 그 사람의 표정만 봐도 우리는 다시 적대감을 느낀다. 사실 우리에게 진정한 적은 우리 자신뿐이다. 가장 큰 적은 언제나 내 안에 있다. 잘못된 판단, 쓸데없는 걱정, 실망, 자신을 향한 부정적인 말들이 바로 그것이다.

누군가에게 그저 "당신의 운명은 스스로에 달려 있다."라고 말하는 것만으로도 10프랑의 가치가 있다. 게다가 생명의 묘약도 준다.

소크라테스 시대에 델포이 신전에는 신의 계시로 조언을 파는 여사제가 있었다. 하지만 약장수보다 정직한 신은 자신의 비법을 신전 입구에 새겨 놓았다. 운명을 묻기 위해 온 사람은 누구나 들어가기 전 그 심오한 신탁을 읽게 된다. "너 자신을 알라."

4장

관계

우리 사이가 편안하고 자유롭기를

타인의 삶을 돕고 자신의 삶도 돕는 것,
이것이 진정한 자비이다.
친절은 기쁨이다. 사랑은 기쁨이다.

관계關係: 둘 이상의 사람, 사물, 현상 따위가 서로 맺은 관련

사랑에도 의식적인 노력이 필요하다

　　　　"평탄한 결혼생활은 있지만, 특별히 좋은 결혼생활
은 없다."

　라 브뤼예르[16]의 말이었던 것으로 생각된다. 우리는 이런 가
짜 모럴리스트들이 만들어놓은 늪에서 빠져나와야 한다. 그들
의 말에 따르면 우리는 행복을 과일처럼 맛보고 판단을 내릴
수 있다고 한다. 하지만 나는 우리가 과일조차도 좋은 상태가
되도록 도울 수 있다고 본다. 결혼을 비롯한 모든 인간관계에 있어
서는 더 그렇다. 이것은 맛보거나 겪는 게 아니라 만들어야 한다. 사회
란 날씨나 바람에 따라 기분이 좌우되는 나무 그늘 속이 아니
다. 반대로 사회는 마법사가 비를 내리기도 하고 날이 개게 하
기도 하는 기적의 현장이다.

자신의 사업이나 일을 위해서는 누구나 노력을 아끼지 않는다. 그런데 가정에서 행복하게 지내기 위해서는 아무것도 하지 않는다. 예의에 대해 이미 여러 차례 설명한 바 있지만, 그 중요성은 아무리 강조해도 지나치지 않다. 예의는 결코 거짓이 아니며 낯선 사람에만 차리는 것이 아니다. 진실하고 소중한 감정을 공유하는 사이일수록 더 많은 예의가 필요하다. "지옥에나 떨어져라!" 하고 욕을 한 상인은 자기 생각을 털어놓았다고 믿을 것이다. 그러나 이것이 바로 정념의 덫이다.

우리가 처음 보는 모든 것은 일종의 환상이다. 잠에서 깨어서 눈을 뜰 때 보이는 것들도 마찬가지다. 우리는 그것을 판단하고, 평가하고, 정리한다. 어떤 상황에서든 첫눈에 보는 것은 한순간의 꿈이다. 그리고 꿈은 판단이 개입되지 않은 순간적인 깨어남이다. 그런데 왜 우리는 이런 순간적인 느낌을 더 중요하게 여기려 할까?

헤겔[17]은 "즉각적인 영혼, 또는 자연적인 영혼은 언제나 우울에 싸여 짓눌려 있다"고 말했다. 이는 매우 통찰력 있는 말이다. 자기 성찰이 제대로 되지 않으면 그건 도박과도 같다. 이럴 때 자신에게 질문하면 잘못된 답만 얻게 된다. 골똘히 생각만 한다면 그것은 지루함이나 슬픔, 걱정, 조바심일 뿐이다. "무엇을 읽을까?"라고 자문하면 벌써 하품이 나온다. 그냥 읽기 시작해야 한다. 욕망이 의지로 이어지지 않으면 사그라들고 만다.

사회, 직장 등 공공생활을 할 때는 누구나 매 순간 자신을 잘 다스리고 자세를 바르게 한다. 그런데 집에서는 왜 그렇지 못할까? 저마다 서로의 애정에 기대어 편하게 있으려 한다. 잠을 잘 때는 그래도 되지만, 깨어 있을 때 그러면 문제가 생긴다. 그래서 선량한 사람도 집에서는 무서운 위선자가 되기 쑤다. 여기서 중요한 것은, 감정을 숨기려고 하지 말고 운동선수처럼 몸을 움직여 감정을 바꾸는 데 의지를 써야 한다는 것이다.

　불쾌감, 슬픔, 짜증이 비나 바람처럼 어쩔 수 없는 일이라는 생각은 선입견이고 그것은 가짜다. 진정한 예의는 자신의 의무를 느끼는 것이다. 존중, 신중함, 정의는 반드시 지켜야 할 것들이다. 특히 정의는 중요하다. 정념이 먼저 올라와도 재빠르게 정의로 돌아가는 것은 결코 거짓된 행동이 아니다. 오히려 진정한 성실함이다.

　그런데 사랑에 대해서는 왜 그만한 성실성을 요구하지 않는가? 사랑은 저절로 이루어지는 것이 아니다. 욕망 또한 자연적으로 오래가지 않는다. 진정한 감정은 정성껏 만들어가는 작품과 같다. 카드게임을 할 때는 처음부터 지루해서 그만두려고 하지 않는다. 피아노를 칠 때도 건반을 아무렇게나 누르지 않는다. 음악은 모든 예 중에서도 가장 좋은 예이다. 음악은 의지로만 지속되고, 그다음에 은총이 온다고 신학자들은 말한다. 그들도 무슨 말인지도 모르고 하는 말이지만 말이다.

너무 가깝지도 너무 멀지도 않게

어떤 이가 말했다. "너무 친한 사람들과 사는 건 참 불편해. 스스럼없이 신세 한탄을 하거든. 별것 아닌 일을 부풀려 말하기도 하지. 같이 사는 사람에 대해서도 마찬가지야. 그들의 행동과 말, 감정에 대해 쉽게 불평을 해. 정념이 폭발하도록 두는 거지. 사소한 일로 화를 내. 배려와 애정, 용서를 너무 당연하게 여기고 말이야. 너무 잘 아는 사이니까 겉모습을 꾸미지도 않지. 매 순간 이렇게 솔직하게 드러내 보이는 것은 진짜가 아니야. 솔직함은 모든 것을 과장해서 나타내지. 그래서 말에는 가시가 돋치고 행동은 격해지니, 그러면 아무리 화목한 가족도 금이 가고 말지. 예의니 의식儀式이니 하는 것은 생각보다 더 유용한 거야."

다른 이가 말했다. "전혀 모르는 사람끼리 사는 건 안 될 일이야. 지하에서 곡괭이질을 하는 광부가 있는가 하면, 그 이익을 가져가는 금리 생활자도 있지. 집에서 재봉틀을 돌리는 지친 여공이 있는가 하면, 백화점에 가는 세련된 귀부인도 있지. 이 순간에도 불행한 사람들은 보잘것없는 급료를 받으면서 장난감을 수백 개씩 조립하고 이어붙여서 부잣집 아이들을 기쁘게 하고 있어. 부잣집 아이도, 우아한 부인도, 금리 생활자도 이런 것은 생각하지 않아. 길 잃은 개나, 발굽을 아파하는 말을 보고서는 다들 불쌍히 여기면서 말이야. 또, 자기 집 고용인을 예의 바르고 친절하게 대하긴 하면서도 그들이 눈시울이 붉어져 있거나 부루퉁해 있는 것은 못 본 척지. 우리가 기꺼운 마음으로 서빙 보는 청년과 잔심부름꾼, 마부에게 수고비를 주는 것은, 그들이 기뻐하는 모습을 볼 수 있기 때문이야. 그런데 기차역의 짐꾼에게는 비싼 수고비를 주면서, 철도 종사원은 월급만 받아도 입에 풀칠을 할 수 있다고 생각하지. 누구나 매 순간 자기 이득을 위해서 생판 모르는 남을 희생시키고 있어. 그래서 선량하던 사람도 자기도 모르게 잔인해지게 되니, 사회란 참 놀라운 장치야."

　세 번째 사람이 말했다. "그다지 친하지 않은 사람들과 사는 건 좋은 일이야. 각자 말과 행동을 조심하고 화도 참게 되지. 기분이 좋으면 얼굴에 나타나고 곧 마음도 편해지지. 뱉어놓고 후회할 말이면 할 생각도 않게 돼. 잘 모르는 사람 앞에서는 장점만 보이려고 하게 마련이지. 이렇게 노력하면 우리는 다른 이들보다 더, 심지어 원래의 자신보다 더 올바른 사람이 되지. 생면부지의 사람에게는 아무런 기대가 없어. 그래서 별것 아닌 호의에도 우리는 크게 만족하지. 내가 보니까 외국인들은 보통 상냥한데, 그 이유는 외국인은 예의 바른 말 말고 불편한 말은 할 줄 모르기 때문이야. 외국에 가는 것을 좋아하는 사람들이 있는 것도 그 때문이야. 거기서는 심술을 부릴 기회가 없으니 스스로 훨씬 만족스럽지. 저 거리에만 나가도 대화는 물론이거니와 우정이며 교제가 얼마나 쉬운가! 노인, 아이, 심지어는 개까지도 느긋하게 돌아다니지. 반면 길 위의 마부들은 서로 욕지거리를 주고받지. 다들 보이지도 않는 여행객들 때문에 바쁘기 때문이야. 서로 부딪힌 것도 아닌데 벌써 이를 갈고 있어. 사회의 평화는 사람들이 직접 관계 맺고, 이해관계가 얽히고, 직거래함으로써 달성하는 것이지, 조합과 단체 같은 조직이 이루는 게 아니라고. 사회의 평화는 너무 크지도 너무 작지도 않은 단위의 이웃 공동체가 이루는 거야. 지역별 연방체제는 실로 말이 되는 방안이야."

타인의 입장에서 생각해보라

사람에는 두 부류가 있다. 주변이 시끄러우면 거기에 익숙해지려고 하는 사람과 남들을 조용히 시키려는 사람이다. 일할 때 또는 잠자리에 들 때 웅얼거리는 소리나 의자 끄는 소리가 난다면서 버럭 화를 내는 사람이 많다. 그런가 하면 타인의 행동에 대해 절대로 뭐라고 하지 않는 사람도 있다. 이런 부류는 이웃이 웃고 떠들고 노래하는 소리를 멈추게 하느니, 차라리 자신의 소중한 사색을 그만두거나 두 시간쯤 덜 자는 쪽을 선호한다.

이 두 부류는 사회에서 서로 반대 성향의 사람을 피하고 자기와 비슷한 사람을 찾는다. 이런 이유로 우리는 공동생활의 규칙이나 허용 범위가 전혀 다른 다양한 가족을 마주치게 된다.

어떤 가정에는 한 명이라도 싫어하는 것은 다른 모든 사람에게도 금지하는 암묵적 합의가 있다. 누구는 꽃향기가 거슬린다고 하고 또 누구는 갑자기 크게 들리는 목소리를 싫어한다. 조용한 저녁을 원하는 사람이 있는가 하면 조용한 아침을 바라는 사람도 있다. 또한 종교를 거론하기 싫은 사람, 정치 얘기만 나오면 이를 가는 사람도 있다. 모두가 서로에게 거부권을 인정하고 자신도 당당하게 이 권리를 행사한다. 한쪽에서는 "이 꽃 때문에 종일 머리가 아플 거야"라고 말하고, 다른 쪽에서는 "어젯밤 11시쯤 누가 문을 쾅 닫는 바람에 한숨도 못 잤어"라고 말한다. 저마다 불평불만을 토로하는 식사 시간이 되면 마치 국회를 방불케 한다. 그리고 머지않아 다들 이 복잡한 헌장을 이해하게 되고 이것을 아이들에게 숙지시킨다. 교육의 목적은 바로 여기에 있지, 다른 데 있지 않다. 그런 다음 마침내 휴정을 가졌다가 다시 서로 마주 보고 시시한 얘기들을 주고받는다. 이렇게 해서 침울한 평화와 권태로운 행복이 이어진다. 사실 각자는 자기가 다른 사람에게 주는 피해보다, 다른 사람이 자기에게 주는 피해가 더 크다고 생각한다. 그래서 자신이 관대하다고 믿으며, 이렇게 확신에 차 말한다.

"자기만 생각하면서 살면 쓰나, 남 생각도 해야지."

또 이런 가정도 있다. 여기서는 각자의 환상이 신성시되며 소중하게 여겨진다. 그리고 자기의 즐거움이 남에게 해가 될 수 있다는 생각을 전혀 하지 않는다. 그러나 이런 사람들에 대해서는 더 논하지 말자. 그들은 이기주의자들이다.

과도한 염려보다 무심함이 낫다

모두가 "얼굴이 무섭게 창백하군요" 하고 말하는 통에 바질리오는 결국 자기가 병에 걸린 줄로 믿게 된다. 누구나 이 유명한 장면*을 알고 있을 것이다. 나는 서로 건강을 챙겨주는 아주 우애 좋은 가족을 볼 때면 이 장면이 생각난다. 누구의 얼굴이 살짝 창백하거나 약간만 붉어져도 이 가족에게는 큰일이다. 모두가 이렇게 불안 섞인 질문을 던지기 시작한다. "잠은 잘 잔 거야?", "어제 뭘 먹었길래?", "일이 너무 힘든가 보다" 등의 위로 섞인 말을 건넨다. 그다음에는 '초장에 잘 잡지 못했던'

＊　18세기 프랑스 극작가 피에르 보마르셰Pierre-Augustin Caron de Beaumarchais
　　의 희곡 「세비야의 이발사」의 한 장면. ─옮긴이

병에 관한 이야기가 이어진다.

　나는 이런 식으로 애지중지 사랑을 받으며 과잉보호 아래서 보살펴진 예민하고 겁 많은 사람을 보면 딱한 마음이 든다. 그에게는 일상의 사소한 불편함도 큰 문제로 느껴지고, 복통, 기침, 재채기, 하품, 신경통이 무서운 병증으로 여겨질 것이다. 가족이 이러한 태도에 동조하면 그가 느끼는 증상은 점점 심각해질 것이다. 하지만 이것을 지켜보는 객관적인 의사는 다르다. 그들은 자칫 자신이 바보로 보일 위험을 무릅쓰면서까지 이들을 일일이 안심시키려 들지 않는다.

　걱정거리가 생기면 당장 그날 밤부터 잠을 이루지 못한다. 이렇게 상상의 병을 얻게 된 우리의 환자는 자기 숨소리에 귀 기울이며 밤을 지새우고 아침에는 간밤의 이야기를 한다. 그의 병은 곧 이러저러한 병으로 분류되고 모든 사람에게 알려진다. 드문드문해지던 대화가 다시 활기를 띤다. 이 불쌍한 사람의 건강은 상장된 주식처럼 상장가가 매겨진다. 가격은 오를 때도 있고, 내릴 때도 있다. 환자는 그것을 알 때도 있고 짐작만 할 때도 있다. 이렇게 그는 신경증을 추가로 앓게 된다.

　치료법은 무엇일까? 가족으로부터 도망쳐야 한다. 무심한 사람들 사이에 섞여 지내면 그들은 건성으로 물어볼 것이다. "좀 어때요?" 그리고 환자가 진지하게 대답하기 시작하면 달아나버릴 것이다. 그들은 불평에 귀 기울이지 않으며, 걱정에 찬 부드러운 눈빛을 보내지도 않을 것이다. 환자의 배를 짓눌렀던 그 눈빛 말이다. 금세 절망에 빠지지만 않는다면, 이제 환자는 치유될 것이다. 여기에서 교훈. 누군가에게 안색이 안 좋다는 말은 절대로 하지 말자.

친밀함과 예의 사이에서 균형 잡기

나는 프랑스 작가 쥘 르나르*의 끔찍한 작품 『홍당무』를 다시 읽고 있다. 이 이야기에서 관대함이라고는 찾아볼 수 없다. 그 점에 대해서는 나쁜 면이 눈에 잘 띄는 법이라고 해 두는 편이 좋을 듯하다. 원래 정념은 잘 드러나고, 애정은 감추어지기 일쑤다. 친밀감이 클수록 더 그렇다. 이것을 이해하지 못하는 사람은 틀림없이 불행하다.

가정 내에서는, 특히 흉금을 터놓는 가족 사이에서는 누구도 거리낌이 없고 누구도 가면을 쓰지 않는다. 그러니까, 어머니

---

* Jules Renard, 프랑스의 소설가이자 극작가. 소설 『홍당무』에는 불우한 가정에서 학대받는 어린이의 모습이 많이 묘사되어 있다. ─옮긴이

는 아이 앞에서 자기가 좋은 어머니임을 증명해 보이려는 생각은 전혀 하지 않을 것이다. 아이가 난폭할 정도로 성질이 나쁘지 않고서야 말이다. 그래서 착한 아이는 어머니가 자기에게 때로는 소홀할 수도 있다는 각오를 해둬야 한다. 그런다는 것이 그 아이에게는 보상이다. 예의는 무관심한 사람을 대할 때 나오고, 기분은 좋은 것이든 나쁜 것이든 우리가 정말로 사랑하는 사람을 대할 때 우러난다.

사랑을 공유하는 사이에서는 불쾌감마저도 순진하게 주고받는다. 현명한 사람은 이것을 신뢰와 친밀의 증거라고 본다. 여러 소설 속에서도 부인이 부정을 저질렀다는 최초의 신호는 남편에게 다시 예의와 조심성을 차리는 것으로 나온다. 그것이 부인의 계산된 행동이라고 생각한다면, 틀렸다. 그것은 남편에 대한 친밀감이 사라져서 자기도 모르게 나오는 자연스러운 태도다.

"한번 매를 맞아보고 싶구나!"* 이런 연극 대사는 마음속의 진심을 우스울 정도로 확대하고 있다. 때리기, 욕하기, 비난하기는 언제나 제일 먼저 나오는 행동이다. 이렇게 신뢰가 과한 가족은 파탄이 날 수도 있다. 즉 대화마다 격분 섞인 목소리가 오가

* 17세기 프랑스 극작가 몰리에르Moliere의 희극 「상상병 환자」의 한 장면. —옮긴이

는 가증스러운 곳이 된다는 말이다. 그도 그럴 것이 매일 얼굴을 보는 이 친밀한 집단에서는 한 사람의 화가 다른 사람의 화를 키우고, 아주 작은 정념도 몇 배로 불어난다. 그래서 너무 쉽게 언짢은 기분을 내보인다. 그 기분을 잘 설명하기만 해도 치료법이 병 가까이에서 발견될 텐데 말이다.

매사에 불평하거나 까다로운 이를 지인으로 두고 있는 사람들은 너무나 단순하게 "그게 그 사람 성격이다"라고들 말한다. 하지만 나는 성격을 그다지 믿지 않는다. 왜냐하면 경험상, 어떤 부분을 계속해서 억압하면 점점 약해지다가 거의 사라질 정도가 되기 때문이다. 왕 앞에 선 신하는 불편한 기분을 감추는 것이 아니라 왕에게 잘 보여야 한다는 강한 욕구 때문에 불편한 기분이 사라진 것이다. 한 움직임이 또 다른 움직임을 물리친다. 정답게 손을 내미는 동작은 주먹질하려는 동작을 물리친다. 어떤 태도를 보이려다가 거둬들일 때, 갑자기 굉장한 활력이 도는 감정도 마찬가지다. 손님들을 초대한 어떤 부인이 불청객을 맞이하면서 치미는 화를 억눌렀다고 하자. 나는 이 부인 보고 "가식적이군!" 하고 말하지 않을 것이다. 오히려 "화에 잘 대처했군!" 하고 말할 것이다.

가정의 질서는 법질서와 같다. 저절로 지켜지는 것이 아니라 의지로 성립되고 보존된다. 너무 친해서 생각 없이 나오는 행동의 위험성을 제대로 이해한 사람은 태도를 조절하고, 자기가 좋아하는 감정을 지켜낸다. 그러므로 의지의 관점에서 볼 때 결혼은 파기될 수 없는 것임이 틀림없다. 그래서 우리는 폭풍우를 달래가면서 결혼을 잘 지킬 것을 스스로 맹세한다. 이것이 맹세의 효용이다.

○ 　　사이 좋은 부부로 사는 방법

　　"사이 좋은 부부란 드문 법이며, 그 이유는 자연적이다." 로맹 롤랑[18]의 이 말은 깊은 통찰을 담고 있다. 나는 이 관점에서 그의 소설 속 인물들과 실제 만난 사람들을 관찰해보았다. 그 결과, 남녀가 서로를 적대시하게 되는 이유는 양성의 뚜렷한 특성 차이 때문임을 알게 되었다. 흔히 한쪽은 감정적이고 다른 쪽은 활동적이라고 하지만, 이에 대해 제대로 설명하는 사람은 거의 없다.

　　감정적이라는 것은 단순히 다정하다는 뜻이 아니다. 오히려 사고가 삶의 근본에 더 밀접하게 연결되어 있다는 의미다. 이런 특성은 성별을 불문하고 모든 환자에게서 볼 수 있지만, 일반적으로 여성에게서 더 두드러진다. 임신, 수유 등 여성의 생리적 특성이 이를 강화하기 때문이다. 따라서 기분 변화는 자연스러운 현상이며, 망상이나 변덕, 고집 등으로 나타나는 것일 뿐이다. 이는 위선이 아니라 깊은 생리적 원인에서 비롯된다.

반면 남성은 주로 행동의 맥락에서 이해할 수 있다. 남성의 본능은 사냥, 건설, 발명, 시험 등에 있다. 이외의 일에서는 쉽게 지루함을 느낀다. 그래서 끊임없이 움직이며, 때로는 하찮은 일에 매달리기도 한다. 이런 남성의 특성을 여성들은 종종 위선으로 오해한다. 발자크의『젊은 두 아내의 수기』[19]와 특히 톨스토이의『안나 카레니나』에는 이런 식의 위기에 대한 심층적인 분석이 잘 나타나 있다.

이러한 남녀 간의 차이로 인한 문제를 해결하는 방법은 사회생활에 있다. 첫째, 부부가 가족 및 친구들과 교류하면 서로 간에 예의를 갖춘 관계를 형성할 수 있다. 예의는 변덕스러운 감정을 적절히 통제하는 데 도움이 된다. 둘째, 사회생활은 사람을 바쁘게 만들어 안일한 삶에서 벗어나게 한다.

사회에서 고립되어 오직 애정만으로 살아가는 부부는 위험하다. 그들은 마치 무게추 없는 작은 배처럼 쉽게 흔들릴 수 있다. 이런 상황에서는 단순한 반성이나 지혜로는 부족하다. 오히려 사회적 제도와 관습이 감정을 안정시키는 데 도움이 된다.

○　　　**슬픔은 아름답지 않다**

　　　　생을 어둡게 만드는 호의가 있다. 보통 동정이라 불리는 이 슬픈 호의는 인간에게 재앙의 씨앗이 된다. 결핵으로 투병 중인 마른 사람에게 감수성 예민한 여성이 어떤 말을 어떻게 건네는지 유심히 보라. 그 눈물 어린 눈과 목소리, 건네는 말을 보면 이 불쌍한 사람에게 더는 희망이 없다고 선고하는 것 같다. 그런데 환자도 별로 화를 내지 않는다. 그는 타인의 동정을 병을 견디듯 견딘다. 늘 이런 식이다. 문병객들은 계속해서 각자의 슬픔을 조금씩 보태고 돌아간다. 또 저마다 환자에게 똑같은 말을 반복한다. "이렇게 되신 걸 보니 제 마음이 아픕니다."

　　조금 더 이성적인 사람들은 말을 좀 더 신중히 고른다. 그들은 기운을 북돋우려 말한다. "힘내세요. 날씨가 좋아지면 나아질 거예요." 그러나 이렇게 말하는 사람의 태도는 말과는 정반대다. 그래서 여전히 듣는 사람을 울리는 구슬픈 노래에 지나지 않는다. 병자는 미세한 변화도 금방 알아챈다. 그에게는 당혹한 눈빛이 백 마디 말보다 더 많은 것을 말해준다.

그렇다면 어떻게 위로해야 할까? 여기 그 답이 있다. 절대 슬퍼하지 말고, 대신 희망을 가져야 한다. 사람들에게는 우리가 가진 희망만을 전달해야 한다. 자연의 힘을 믿고 미래를 밝게 보며 생명이 승리하리라 믿어야 한다. 이것은 아주 자연스러운 일이라 생각보다 실천하기 쉽다. 모든 생명체는 자신의 승리를 믿는다. 그러지 않으면 금세 죽어버릴 것이다.

생명의 힘을 깨닫고 나면 환자의 불쌍한 처지를 잊게 될 것이다. 이 생명력이야말로 환자에게 전해줘야 할 것이다. 실제로 환자를 지나치게 동정해서는 안 된다. 그렇다고 무정하거나 무심해서도 안 된다. 다만 쾌활한 우정을 나누면 된다. 누구도 동정의 대상이 되고 싶어 하지 않는다. 환자도 자신이 건강한 사람의 즐거움을 방해하지 않는다는 것을 알면 기운이 나고 위안을 받는다. 가장 좋은 영약은 믿음인 셈이다.

우리는 종교로부터 부정적인 영향을 받고 있다. 사제들은 인간의 약점과 고통을 노리다가, 마침내 죽어가는 사람 앞에서 영원한 이별을 말하는 설교를 한다. 그러면 다른 신자들은 그런 설교를 듣고 성찰한다. 우리는 이런 광경에 익숙해져 있다. 나는 이런 장의사 같은 연설을 싫어한다. 죽음이 아니라 삶에 대해 설교해야 한다. 걱정이 아니라 희망을 나누어야 한다.

그리고 인류의 진정한 보물인 기쁨을 함께 키워야 한다. 이것이 위대한 현자의 비밀이며 내일의 빛이 될 것이다. 정념은 슬픈 것이다. 미움도 그렇다. 기쁨은 정념과 미움을 물리칠 것이다. 하지만 무엇보다 슬픔은 전혀 고귀하지 않으며 아름답지도, 유용하지도 않다는 사실을 먼저 깨달아야 한다.

말과 표정으로 친절을 표현하라

"누군가에 대해 만족한다는 것은 얼마나 어려운 일인가!"

라 브뤼예르의 이 가혹한 말만으로도 우리는 신중해지지 않을 수 없다. 왜냐하면 누구나 사회생활의 주어진 환경에 맞춰져 있는 법이고 그런 평범한 사람을 비난하는 것은 옳지 않은 일이기 때문이다. 그것은 인간을 혐오하는 자의 어리석은 행동이다. 그러므로 그런 행동은 원인은 알아볼 필요도 없다. 다만 나는 주변 사람들을 대할 때, 입장료를 냈으니 자기를 기쁘게 해주길 바라는 관객이 된 것처럼 대하지 않도록 주의한다. 반대로 누구나 먹고살기 힘들다는 점을 떠올리면서 모든 일을 미리 최악의 상황으로 가정한다. 나의 대화 상대는 필시 속이 안 좋거나 두통이 있을 거라고, 아니면 금전 문제가 있거나 부부싸움이라도 한 것 같다고 추측한다. 나는 혼자 이렇게 생각한다. 하늘이 심상찮군, 푸른 잿빛이 도는 3월의 하늘이야, 해는 잠시 반짝일 뿐이고 바람은 살을 에는군. 그렇지만 내게는 털외투와 우산이 있다.

이렇게만 해도 좋다. 하지만 여기서 더 나아가 불안정한 인간의 몸에 대해 고찰해보는 것이 좋겠다. 살짝만 건드려도 소스라치고, 언제나 쇠락하는 중이며, 곧 기능을 멈추게 되는 몸 말이다. 또한 자세, 피로, 외부의 작용에 따라 태도와 말이 달라지는 몸에 대해서 말이다. 나에게 응당 필요한 안정된 감정과 존경심, 유쾌한 말을 마치 축제의 꽃다발처럼 가져다주는 것도 몸이다. 그런데 나는 타인에게는 그토록 주의를 기울이면서도 정작 나 자신은 전혀 신경 쓰지 않는다. 나의 의도치 않은 몸짓과 찌푸린 눈썹이 나조차 알지 못하는 메시지를 퍼뜨리고 있는데도 말이다. 햇빛과 바람도 일조하여 내 얼굴을 만든다. 이렇게 해서 나는 타인에게 한 인간의 모습을 보이는 것이다. 그것은 또한 내가 타인으로부터 발견하고 놀라기도 하는 모습이기도 하다.

이런 모습을 하는 인간이란, 우리가 항상 너무 과대평가하거나 과소평가하는 정신을 장착한 동물이다. 또한 한 가지 뜻을 표하기 위해서 열 가지 신호를 사용하지 않으면 안 되며, 그조차 선택할 수 없어서 온몸으로 신호를 내보내는 동물이다. 이런 혼돈 속에서 나는 사금을 찾는 사람처럼 자갈과 모래를 거르고 아주 작은 금 조각을 구별해야 한다. 그것을 찾는 일은 내게 맡겨져 있다.

사람들은 남이 하는 말은 걸러 들으면서도 자기가 뱉을 말을 거르지는 않는다. 그래서 나는 예의를 갖추고 또, 상대에게 관대한 신뢰의 문을 열어둔다. 쓸데없는 돌 찌꺼기는 버리고 그의 진짜 생각이 드러나길 기다린다. 그런데 여기에서 나는 기대하지 않았던 다른 효과에 주목하게 된다. 내가 보이는 이 친절이, 무장을 하고 가시를 세운 채 다가오는 소심한 사람을 곧 무장해제시킨다는 점이다. 서로를 향해 구름처럼 다가오는 이 두 기분 중에서 한쪽이 먼저 미소를 지어야 한다. 여기서 먼저 미소 짓지 않는다면 그 사람이 어리석은 사람이다.

한 번도 나쁜 소리나 나쁜 평가를 들어보지 않은 사람은 없다. 또 한 번도 좋은 소리나 좋은 평가를 들어보지 않은 사람도 없다. 인간의 본성은 이렇게 남의 기분을 상하게 만드는 것쯤은 조금도 두려워하지 않게끔 되어 있다. 그런 용기를 부채질하는 흥분은 소심함에서 이어진다. 그리고 불쾌하다는 감정이 들면 사태는 더 악화된다.

하지만 이제 이와 같은 것을 이해한 이상, 그런 놀음에 말려들지 않도록 하는 것은 우리 몫이다. 이것은 놀라운 경험이 될 것이므로 꼭 한번 그렇게 해보길 바란다. 다른 사람의 감정을 직접 좌우하기란 자신의 감정을 다스리는 것보다 더 쉽다. 대화 상대의 기분을 주의 깊게 다루는 사람은 자기 기분도 그렇게 치유할 줄 아는 의사가 된다. 춤에서와 마찬가지로 대화에서도 각자는 타인의 거울이기 때문이다.

○ 짜증 섞인 말에 대처하는 방법

사이가 원만한 부부끼리는 짜증이 나서 무심코 나온 말을 우스운 농담으로 끌고 가곤 한다. 그저 무심코 흘러나온 말이라면 이처럼 웃어넘길 줄 알아야 한다. 그러나 사람들은 대부분 별 뜻 없이 감정을 내보이는 이 자동 장치에 대해서 전혀 모른다. 그들은 호메로스의 영웅들처럼 모든 것을 그대로 받아들인다. 그러므로 여기에서 생겨나는 증오는 상상이라고 이름 붙여야 할 것이다. 증오를 품은 사람이 그 증오에 대해 얼마나 강하게 확신하는지를 보면 감탄이 나온다. 재판관은 미친 듯이 격분한 증인의 말을 결코 귀담아 들어주지 않는다. 그러나 사람은 소송이 벌어지면 곧 자기 자신을 믿어버리기 마련이다. 무엇이든 믿어버린다.

우리의 가장 놀라운 오류 중 하나는, 오랫동안 숨겨져 있던 생각을 분노가 토해내주기를 기대한다는 것이다. 하지만 그렇게 해서 드러난 생각은 천 분의 1도 진실이 아니다. 자신이 생각하는 바를 말하고 싶다면 냉정하게 자기 감정을 억제해야 한다. 이것은 분명하다. 그런데도 상대의 대꾸를 유도하고 싶은 충동, 흥분, 초조함 때문에 그 사실을 잊어버리고 만다.

스탕달의 소설 『적과 흑』에 나오는 선량한 사제 피라르는 이를 내다보고 친구에게 이렇게 말했다. "나는 종종 불쾌감에 사로잡히는 사람이네. 그래서 우리가 대화를 중단하는 일이 일어날 수도 있네." 이보다 더 솔직할 수는 없다.

아무 뜻도 없는 감탄사에 불과하지만, 욕설처럼 내뱉는 관용구들이 있다. 아마도 이 관용구들은 분노를 표출하면서도 사람을 언짢게 하지 않고 주워 담을 필요도 없도록 즉흥적으로 발명된 것인지도 모른다. 따라서 혼잡한 거리에서 그런 고함을 지르는 마부들은 자기도 모르게 철학자가 되어 있었던 것이다. 그런데 이런 무해한 공포탄에도 가끔 우연히 상처를 입는 경우를 발견하면 재미있다.

누가 나에게 러시아어로 욕을 한다면 나는 아무것도 알아듣지 못한다. 그런데 우연히 내가 러시아어를 알아들을 수 있다면 어떨까? 원래 모든 욕은 횡설수설이다. 이것을 잘 이해한다는 것은 '이해할 게 아무것도 없음'을 이해한다는 뜻이다.

슬픔보다 유쾌함이 아름답다

    만일 내가 도덕론을 써야 한다면 모든 의무 중에서 유쾌함을 첫 줄에 적을 것이다. 어떤 가혹한 종교가 우리에게 슬픔이 위대하고 아름답다고 가르쳤는지 모르겠다. 현자라면 자기 무덤을 파면서 죽음에 관하여 명상해야 한다고 말이다.

    나는 열 살 때 트라피스트 수도원에 가본 적이 있다. 그곳에서 나는 수도사들이 매일 조금씩 그 무덤을 파는 광경을 보았다. 장례식이 열리는 예배당에는 산 자들의 교화를 위해 시신을 일주일씩이나 놓아두고 있었다. 그 침통한 장면이며 시체 특유의 냄새는 오래도록 내 기억에 남았다. 그들의 교화 방식은 지나쳤다. 이제는 내가 언제, 왜 가톨릭을 떠났는지 잊어버렸으므로 정확하게 말할 수는 없다. 하지만 그 순간에 나는 이렇게 생각했다. '인생의 진정한 비밀이 이런 곳에 있을 리 없다'라고. 나는 걸핏하면 우는 신부님들에게 내 모든 존재로서 반항했다. 그리하여 병에서 치유되듯 그들의 종교로부터 해방되었다.

그래도 그 영향은 내게 남아 있다. 우리 모두 그런 것을 갖고 있다. 우리는 극히 사소한 이유로도 너무 쉽게 불평을 한다. 그러다가 진짜로 고통을 겪게 되면 그것을 표출해야 한다고 믿는다. 여기에 성직자들이 할 법한 그릇된 판단이 만연해 있는 것이다. 잘 우는 사람에게는 무엇이든지 허용이 된다. 묘지에서 어떤 비극이 연출되는지를 보라. 추도사를 낭독하는 사람은 가슴이 미어지는 듯 말을 잇지 못한다. 옛 현인들은 이런 우리를 측은하게 여겼을 것이다. 그리고 이렇게 생각할 것이다. '이게 뭔가? 이래서는 위로가 되지 않는다. 저이는 삶의 인도자가 될 수 없다. 비극을 연기하는 배우에 지나지 않는다. 슬픔과 죽음의 지도자일 뿐이다.'

그 야만적인 '진노의 날'*에 대해서는 어떻게 생각할까? 아마도 이 찬미가를 비극적인 것으로 여길 것이다. 그리고 이렇게 말할 것이다. "내가 저 슬픈 광경을 볼 수 있는 것은 내게 고통이 없을 때뿐이다. 그러므로 그로부터 좋은 교훈을 얻을 수

※   가톨릭 장례미사의 부속가 제목이자 첫 구절. ─옮긴이

있다. 그러나 내게 진짜 고통이 찾아온다면 나는 남자다운 모습으로 생을 움켜쥘 뿐이다. 또, 적에 맞서는 용사와 같이 나의 의지와 나의 생을 결합해 불행에 맞설 뿐이다. 그리고 할 수 있는 한 다정하고 기쁘게 죽은 자들에 대해 이야기하는 것이 나의 할 일이다. 그런데 죽은 자들이 절망에 빠진 저들을 본다면, 얼굴을 붉힐 것이다."

그렇다. 사제들의 거짓말을 물리친 후에도 남은 일이 있다. 바로 의연하게 생을 붙들고, 자신을 해치지 않아야 하고, 비극을 호소함으로써 남을 전염시키지 말아야 한다. 더구나 모든 일은 서로 맞닿아 있으므로 삶의 사소한 불편을 자꾸 말하거나 남에게 늘어놓고 과장하지 말아야 한다. 우리는 남에게도 친절하고 자신에게도 친절해야 한다. 타인의 삶을 돕고 자신의 삶도 돕는 것, 이것이 진정한 자비이다. 친절은 기쁨이다. 사랑은 기쁨이다.

○　　진정한 예의는 편안하고 자연스럽다

　　　　예의를 배우는 것은 춤을 배우는 것과 같다. 춤을 모르는 사람은 춤의 규칙을 익히고 그에 따라 움직이기가 춤추기의 어려운 점일 것으로 생각한다. 그러나 그것은 외적인 부분일 따름이다. 춤에서 중요한 점은 어색함과 혼란을 느끼지 않아야 하고, 또 그럼으로써 겁을 내지 말아야 한다는 것이다. 이와 마찬가지로, 예절법을 안다고 해서 큰 의미가 있는 것은 아니다. 예의에 맞는 행동을 할 줄 안다고 하더라도 그건 예의의 문턱을 밟은 것에 지나지 않는다. 몸짓이 정확하고 부드러워야 하며 어색해하거나 떨어서는 안 된다. 작은 떨림도 상대방에게 전달되기 때문이다. 상대방을 불안하게 하는 것이 무슨 예의겠는가?

　　나는 종종 목소리 자체에서 무례함이 느껴지는 사람을 본다.

성악가가 그런 목소리를 들었다면 목이 경직되고 어깨가 유연하지 못해서 그렇다고 말할 것이다. 어깨 동작만으로도 예의 바른 행동이 무례하게 되어버린다. 지나친 감정에 휩쓸리는 것, 일부러 침착한 척하는 것, 힘이 너무 들어간 것 모두 좋지 않다. 펜싱 선생이 항상 하는 말이 있다. "힘이 너무 들어갔어요." 펜싱은 예의의 경기이므로, 펜싱을 하는 사람은 손쉽게 예의로 인도된다. 난폭함과 분노가 느껴지는 모든 요소는 예의에 어긋난다. 표정과 위협만으로도 그렇게 될 수 있다. 무례는 언제나 일종의 위협이 된다.

사교계에서 정치가 조레스[20]를 본 사람의 말에 따르면, 그는 워낙 남의 의견과 관습에 무관심해서 넥타이조차 엉망으로 매기 일쑤였다고 한다. 하지만 그런 그의 음성은 귀에 거슬리는 소리 하나 없이 노래하는 듯 부드러운, 예의 그 자체였다는 것이다. 희한한 일이다. 왜냐하면 누구나 그 금속성의 날카로운 목소리로 호소한 변론과 사자 같은 포효를 기억했기 때문이다. 힘은 예의와 대척점에 서 있지 않다. 힘은 예의를 돋보이게 만든다. 능력을 업은 능력인 셈이다.

무례한 사람은 혼자 있을 때도 여전히 무례하다. 작은 몸짓에도 지나치게 힘이 들어간다. 경직된 열정과 자신에 대한 두려움, 곧 소심함이 느껴진다. 나는 어떤 소심한 남자가 공식 석상에서 문법을 주제로 토론하는 것을 들은 적이 있다. 그의 어조에는 격한 증오가 묻어 있었다. 정념은 질병보다 더 빠르게 전파되기 마련이다. 나는 순진한 의견이 노기를 띠는 광경을 보아도 놀랍지 않다. 목소리의 울림과 통제되지 않는 자신 때문에 일종의 공포가 커진 경우가 대부분이다.

광적인 믿음도 근본적으로는 실례일 수 있다. 왜냐하면 비록 원하지 않았던 것이라도 일단 표현되고 나면 결국 자신도 그렇게 생각하게 되어 있기 때문이다. 이처럼 광적인 믿음은 소심함의 산물이다. 자기가 믿는 것을 잘 유지하지 못할지도 모른다는 두려움이다. 그리고 끝에 가서는 이 두려움을 견딜 수 없어 자기와 타인에게 분노를 느끼게 되고, 이 분노는 가장 불확실한 의견에 가공할 힘을 실어준다.

소심한 사람들과 그들이 어떻게 결정을 내리는지를 관찰해보라. 그러면 경련이 생각의 기묘한 작용 방식을 드러낼 것이다. 에둘러 말했으나 우리는 손에 든 찻잔이 어떻게 인간을 문명화하는지 이해할 수 있다. 펜싱 선생은 조심스레 커피잔을 젓는 것만 보고도 제자의 실력을 가늠하곤 했다.

내가 보기에 의도로 이루어지는 모든 것은 예의의 범주를 벗어난다. 예의는 생각하지 않아도 나오는 행동과 의도하지 않아도 나오는 행동만을 말한다.

행동부터 나가는 사람, 생각나는 대로 말을 뱉는 사람, 선입견에 기대는 사람, 무슨 일인지도 모르면서 신중치 못하게 놀라움이나 혐오, 기쁨 등을 표하는 사람은 모두 무례한 사람이다. 자기 딴에는 그럴 생각이 없었다 해도 경솔한 이야기를 해서 남에게 상처를 준다면 괴로운 일이다. 예의 바른 사람은 돌이킬 수 없는 일이 되기 전에 상대의 불쾌감을 알아채고 세련되게 노선을 바꾼다. 그러나 이보다 더 예의 바른 사람은 해야 할 말과 해서는 안 될 말을 미리 구분하고, 그것이 확실치 않을 때는 모임의 주최자에게 이야기의 방향을 맡기는 사람이다.

예의는 습관이고 말과 행동에 묻어 있는 자유로움이다. 예의 없는 사람이란 음식 접시나 잡동사니를 부딪쳐대듯이 자기가 하려던 것과 동떨어진 것을 하는 사람이다. 자기가 말하려던 것과 다른 말을 하는 사람이다. 거친 말투와 쓸데없이 큰 목소리, 주저하는 태도와 알아들을 수 없이 빠른 말 때문에 원래 뜻과 다른 뜻을 전하게 된다. 잘난 체하는 사람은 뭣도 모르고 일부러 요란을 떠는 사람이다. 소심한 사람은 나서려 하지는 않지만, 말과 행동의 중요성을 알기 때문에 더욱 어떻게 처신해야 할지 모르는 사람이다. 그래서 말하고 행동하기를 삼가기 위해 위축되고 움츠러든다. 또 그런 노력이 지나쳐서 몸이 떨리고 진땀이 나고 얼굴이 붉어지고 평소보다 더 서툴게 된다.

이와는 반대로 우아함이란 표현하고 행동함에 있어서 남을 불안하게 하거나 상처를 주지 않는 하나의 행복이다. 이런 종류의 능력은 행복을 위해 매우 중요하다.

기쁨이 기쁨에게

우정에는 경이로운 기쁨이 깃들어 있다. 기쁨이 전염되는 광경을 목격하면 이를 그리 어렵지 않게 이해할 수 있을 것이다. 내 존재가 내 친구에게 진실한 기쁨을 가져다주면, 친구의 기쁨을 바라보는 나 또한 기쁨을 느낀다. 그래서 내어줬던 기쁨을 각자 돌려받게 된다. 이와 동시에 기쁨이라는 보물이 활짝 열린다. 그래서 두 친구 모두 이렇게 생각한다. '아무 노력도 안 했는데 행복해졌군.'

기쁨의 원천이 기쁨 안에 있다는 데는 나도 동의한다. 자기 자신이나 매사에 불만인 사람들이 일부러 웃기 위해 서로를 간질이는 광경을 보면 이보다 더 한심스러울 수가 없다. 그러나 만족을 느끼던 사람도 혼자 있게 되면 곧 그 기분을 잊고 만다. 모든 기쁨은 금세 잠들어버린다. 그래서 어리둥절하고 무감각한 상태에 이른다. 이렇듯 내면의 감정이 일어나려면 외부의 작용이 있어야 한다. 만약 어떤 폭군이 나를 감옥에 가두고 복종하기를 강요한다면, 나는 매일 혼자서 웃는 건강법을 실천할 것이다. 다리가 튼튼해지도록 운동하듯이 나의 기쁨도 훈련할 것이다.

여기 마른 나뭇가지 한 묶음이 있다. 보기에는 흙덩이처럼 생기가 없다. 그냥 방치하면 그대로 흙이 될 것이다. 그러나 그 속에는 태양으로부터 얻어낸 열기가 담겨 있다. 아주 작은 불꽃이라도 가져다 대면 삽시간에 따닥따닥 튀어 오르는 화염이 될 것이다. 그러므로 문을 흔들어 그곳에 갇힌 죄수를 깨우기만 하면 된다.

이처럼 기쁨을 깨우려면 계기가 될 뭔가가 필요하다. 아기가 처음으로 웃는 웃음에는 아무런 의미가 없다. 아기는 행복해서 웃는 게 아니다. 그보다는 웃어서 행복해졌다고 말하는 편이 옳다. 아기에게는 먹는 일이 즐겁듯이 웃는 일도 즐거운 것이다. 다만 우선은 먹어야 한다. 이것은 웃음에만 해당하는 것이 아니다. 자기의 생각을 알기 위해서는 말도 필요하다. 사람은 홀로 있는 한 자신이 될 수 없다.

어리석은 모럴리스트들은 사랑하는 일은 자신을 잊는 일이라고 말한다. 그러나 이것은 너무 단순한 견해이다. 자신에게서 벗어날수록 우리는 틀림없는 나 자신이 될 수 있다. 또한 자신이 살아 있음을 더욱 실감하게 된다. 자신의 장작을 창고에서 썩게 내버려두지 말라.

두 시인의 우정

괴테와 실러[21]의 아름다운 우정은 주고받은 편지에 잘 드러나 있다. 그들은 한 인간성이 다른 인간성에 기대할 수 있는 유일한 구원의 손길을 주고받았다. 그것은 상대의 본성을 알아주고 그저 자신을 지키라는 말을 해주는 것이다. 존재를 있는 그대로 받아들이기란 대수로운 일이 아니며 또한 언제나 그렇게 되어야 한다. 그런데 여기서 더 나아가 상대가 있는 그대로이기를 바라는 것은 진정한 사랑이다.

이 두 남자는 탐구 정신을 발휘하는 교류를 통해 적어도 다음에 대해서는 공통된 견해를 보였다고 생각된다. 즉 다름은 아름답다는 것 그리고 가치에 우선순위를 매기려면 장미와 말을 놓고 따질 것이 아니라, 평범한 장미에서 아름다운 장미로,

평범한 말에서 훌륭한 말로 순서를 따져야 한다는 것이다. 우리는 취향을 두고 논쟁을 벌여서는 안 된다고 말하지만, 그것은 누구는 장미를 좋아하고 누구는 말을 좋아할 때의 이야기이다. 어떤 장미가 아름다운지, 어떤 말이 훌륭한지에 관한 문제라면 충분히 토론을 통해 합의점을 볼 수도 있는 일이다. 그런데 이 예는 적절하긴 하지만 여전히 추상적이다. 아름다운 장미나 훌륭한 말도 여전히 인간인 우리와 우리의 욕구에 예속된 것이기 때문이다.

음악이 미술보다 낫다고 애써 주장하는 사람은 아무도 없겠지만 원본과 모작에 대해 논하는 일은 유익하다. 원본에서는 작가의 본질로부터 전개된 자유로운 본성의 표적을 찾을 수 있지만, 모작에서 보이는 것은 예속의 흔적과 남의 영감을 따라 한 전개일 뿐이라는 식으로 말이다. 우리의 두 시인은 그들의 펜촉을 통해 이러한 차이점을 느꼈던 것이 분명하다. 실제로 그들은 함께 논증하고 완벽과 이상에 관해 이야기하면서도 단 한순간도 자신과 상대의 본성에 대해 실수를 저지르지 않았으니 놀라울 따름이다. 그들은 서로 올바른 조언을 건넸지만 "나라면 이렇게 할 것이네"라고 말하는 정도에서 그쳤다. 또한 자신의 조언이 상대에게 무의미하다는 점 역시 서로 잘 알고 있었다. 그래서 조언을 받은 쪽은 자기만의 방법을 찾으리라 결심하면서 받은 조언을 단호히 돌려보냈다.

나는 시인을 비롯한 모든 예술가가 자신이 할 수 있는 것과 할 수 없는 것을 구분하는 기준이 행복이라고 생각한다. 아리스토텔레스가 말했듯이 행복은 능력의 표시이기 때문이다. 내 생각에 이 법칙은 모든 사람에게 유용하다. 세상에는 심심한 사람만큼 위험한 것이 없다. 이른바 심술궂은 사람들은 지루해서 불만인 것이지, 원래 심술쟁이라서 불만이 있는 게 아니다. 그들을 끈질기게 따라다니는 이 권태는 그들이 자신의 완성을 향해 발전하지 못하고 있다는 표시이다. 또한 그 결과 맹목적이며 기계적인 요인에 따라서 행동하고 있다는 표시이다. 가장 심각한 불행과 가장 순수한 악의를 한꺼번에 표출하는 사람은 난폭한 미치광이밖에 없을 것이다. 그러나 나는 소위 심술쟁이라고 부르는 자들과 우리 각자에게도 어긋나고 기계적인 무엇인가가 있음을, 동시에 포로의 분노가 서려 있음을 목격한다.

반면 행복으로 만들어진 것은 아름답다. 예술작품이 그것을 분명히 증명하고 있다. 우리는 표정 하나만 봐도 저 사람이 행복하다고 확신할 수 있다. 모든 선의의 행동은 그 자체로 아름다운 데다 그 행동을 한 사람의 얼굴마저 아름답게 만든다. 아름다운 얼굴을 보고 두려워하는 사람은 아무도 없다. 따라서 나는 완벽한 것은 서로 충돌하지 않으며, 충돌하는 것은 불완전함이나 악덕뿐이라고 생각한다. 뚜렷한 예로는 공포가 있다. 그러므로 폭군과 비겁한 자가 사용하는 속박이라는 방법은 내게 있어 언제나 근본적으로 터무니없으며, 모든 광기의 어머니로 여겨진다. 속박을 풀고, 해방하라. 그리고 두려워하지 말라. 자유로운 사람은 무장을 벗은 사람이다.

○   사랑은 건강에 좋고
　　　증오는 건강에 나쁘다

　　　　　　데카르트의 사상에서 '사랑이라는 정념은 건강에
좋고, 증오라는 정념은 건강에 나쁘다'는 생각은 잘 알려져 있
지만, 아주 친숙하지는 않다. 좀 더 적절히 말하자면, 사람들은
이 생각을 잘 믿지 않는다. 만일 데카르트가 호메로스나 성경
처럼 감히 비웃지 못할 존재가 아니었다면, 사람들은 분명히
이 생각을 비웃었을 것이다. 그래도 사람들이 증오로 할 일을
사랑으로 해야 함을 알아차린다면 그것만으로도 큰 성과다.
사랑으로 한다는 것은 사람, 행동, 작품 등의 모든 것이 뒤섞인
사물 속에서 사랑하기에 좋고 아름다운 것을 선택한다는 뜻이
다. 이것은 나쁜 것을 격하시키는 가장 강력한 방법이다.
　요컨대 엉터리 연주에 야유를 보내기보다 아름다운 음악에

박수갈채를 보내는 쪽이 더 낫고 더 정당하고 효과적이다. 왜 그럴까? 왜냐하면 생리학적으로 사랑은 강하고 증오는 약하기 때문이다. 그런데도 정념에 사로잡힌 사람은 그 본성 때문에 우리가 정념에 대해 논한 것은 하나도 믿지 않는다.

따라서 원인부터 이해해야 하겠다. 나는 이 원인 역시도 데카르트의 사상에서 발견할 수 있었다. 우리의 첫사랑이자 가장 오래된 사랑이, 젖을 잘 먹어서 풍부해진 이 혈액, 깨끗한 공기, 포근한 열기, 다시 말해 갓난아기를 자라게 하는 모든 것으로부터 유래한 것이 아니라면 무엇이겠는가? 태어나서 첫 한 해 동안 우리는 이 사랑의 언어를 먼저 상호 간에 배웠다. 그러고 나서 이 몸짓과 굴곡과 달콤한 젖을 받아들이는 생체기관들의 감미로운 접촉을 통해 그 언어를 표현했다.

마찬가지로 인간이 표하는 최초의 동의는 이 달콤한 수프가 맛있다고 고개를 끄덕이는 움직임이다. 반대로 너무 뜨거운 수프를 거부하는 아기의 머리와 몸 전체를 관찰해보라. 위장과 심장과 온몸이 이 해로운 음식을 거부하다 못해 구토를 할 수도 있다. 이때 구토는 불신과 비난, 혐오감과 같이 가장 오래되고 혈기가 강한 표현이다. 그래서 데카르트는 호메로스의 간결하고 솔직한 표현법으로 이렇게 말했다. "모든 사람에게 있어 증오는 소화에 좋지 않다."

우리는 이 훌륭한 생각을 더욱 확대하고 발전시킬 수 있다.

우리는 지칠 줄 모르며 한계도 모른다. 우리가 처음 부른 사랑의 찬가는 아기가 온몸으로 받아들이고 감싸 쥐며 귀중한 양분을 빨아내는 모유에 대한 찬가였다. 젖을 빠는 열정은 생리학적으로 세상 모든 열정의 최초이자 진정한 모본이다. 입맞춤의 최초 본보기가 갓난아기 때 있었다는 것을 모르는 사람이 있을까? 인간은 이 최초의 신앙심을 절대 잊지 않는다. 그래서 우리는 십자가에도 입을 맞춘다. 어떤 신호를 표할 때는 몸으로 해야 하기 때문이다. 마찬가지로 저주하는 동작은 오염된 공기를 거부하는 허파와 상한 우유를 토해내는 위장 등 모든 신체의 방어기제에서 나오는 유서 깊은 동작이다.

경솔한 독서가여, 증오를 양념 삼아 뿌린 그 음식에서 어떤 유익을 얻기를 기대하는가? 어째서 당신은 데카르트의 『정념론』을 읽지 않는가? 당신이 가는 책방의 주인은 이 책이 무엇인지도 모른다. 당신의 심리상담가 역시 더 잘 알지 못한다. 그저 읽을 줄만 알 뿐이다.

친절이 가장 큰 선물이다

　　새해를 맞아 주고받는 많은 선물을 생각하면 기쁨보다는 울적한 마음이 인다. 새해라고 해서 평소보다 훨씬 많은 지출을 감당할 만큼 넉넉한 부자는 없기 때문이다. 장사꾼의 주머니나 채워주면서 이 사람 저 사람으로부터 받게 될 선물과 또한 이 사람 저 사람에게 보내야 할 선물을 생각하며 남몰래 한탄하는 이가 적지 않다. 나는 친구가 많은 부모를 둔 어떤 여자아이가 연말에도 받았던 책받침을 떠올리며 "엥, 또 책받침이 생겼네" 하고 말하는 것을 들은 적도 있다.

　　선물을 주는 열성 속에는 무관심도 있고 억제된 분노도 들어있다. 의무가 모든 것을 망가뜨린다. 게다가 초콜릿은 위장에 부담을 주고 인간 혐오를 키운다. 까짓것! 빨리 주고 빨리 먹어치우

자. 잠깐이면 끝난다.

진지한 이야기로 돌아와서, 나는 당신이 즐거운 기분을 가졌으면 한다. 이것이야말로 주고받아야 할 선물이다. 이것이야말로 모두를, 특히 선물하는 사람을 풍요롭게 하는 진정한 예의이다. 또, 주고받을수록 더욱 늘어나는 보물이다. 우리는 길거리에, 전차 안에, 신문 판매대에 이 보물을 씨앗처럼 뿌릴 수 있다. 그렇게 해도 이 보물은 한 톨도 줄어들지 않는다. 당신이 그것을 뿌린 곳에는 어디든지 싹이 트고 꽃이 필 것이다.

교차로에서 마차끼리 서로 엉키면 욕지거리가 오가고, 말들이 있는 힘껏 마차를 당겨대는 통에 상황은 점점 악화된다. 모든 혼란은 이런 식으로 일어난다. 엉킨 마차를 푸는 간단한 방법이 있다. 미소를 짓고 신중한 노력을 기울이고 여기저기로 튀는 모든 화를 가라앉히는 것이다. 하지만 이를 갈며 여기저기서 고삐를 당기면 영영 풀 수 없는 매듭이 되고 만다. 가정에서는 부인이 이를 갈고, 가정부가 이를 갈고, 양고기가 탄다. 대화가 험악해진다. 이 모든 프로메테우스들을 해방하고 자유롭게 하기 위해서는 적당한 순간에 미소를 짓기만 하면 된다. 누구도 이런 간단한 생각을 못 하지만 말이다. 모두가 자기 목을 조르는 고삐를 열심히 당기고 있다.

공공장소에서의 태도는 해악을 키운다. 당신은 레스토랑에 들어간다. 옆 테이블의 손님을 적의에 찬 눈길로 힐끗 보고 메

뉴를 힐끗 보고 또 웨이터를 힐끗 본다. 준비는 끝났다. 이제 한 얼굴에서 다른 얼굴로 불쾌한 기분이 번진다. 당신 주위의 모든 것이 충돌한다. 여기 어딘가에서 유리잔이 깨질 것이고, 그날 밤 웨이터는 자기 아내를 때릴지도 모른다. 이와 같이 불쾌감이 전염되는 기제를 잘 파악해두기를 바란다. 그러면 당신은 마법사처럼 기쁨을 나누어 주는 사람이 되고 어디서나 자비로운 신이 될 것이다.

친절한 말을 하고 감사를 표하라. 냉담한 바보에게도 친절하게 대하라. 그러면 당신은 이 유쾌함의 물결을 따라 가장 작은 해변에까지도 도달할 수 있다. 웨이터는 한결 다른 어조로 요리사를 부를 것이고, 손님들은 한결 다른 태도로 의자 사이를 지나다닐 것이다. 이렇게 해서 유쾌함의 물결은 주변으로 퍼져나가고 자기 자신을 포함하여 모든 것을 가뿐하게 만든다. 여기에는 한계가 없다.

다만 처음에 주의를 기울여야 한다. 하루를 잘 시작하고, 1년을 잘 시작하라. 이 좁은 골목은 왜 이렇게 소란하단 말인가! 부정하고 폭력적인 일이 가득하다! 피가 흐른다. 재판관이라도 나서야 할 판이다. 이 모든 일은 단 한 사람의 마부가 신중하기만 했다면 아주 간단한 손놀림 하나로 피할 수 있었을 것이다. 그러므로 친절한 마부가 돼라. 즐겁게 자기 마부석에 앉아서 말고삐를 단단히 잡아라.

행복을 기다리지 말고 찾아 나서라

행복하기를 바란다면 열과 성을 다하여 노력해야 한다. 행복이 굴러들어 오라고 문을 활짝 열어둔대도 중립적인 방관자처럼 가만히 있으면 정작 그 문을 통해 들어오는 것은 슬픔이다. 비관주의의 본질은 사소한 감정도 통제하지 않고 놔두면 슬픔이나 짜증으로 이어진다는 점에 있다.

아무것도 안 하는 아이를 보면 그리 오래 있지 않아도 금방 알 수 있다. 그 나이 때에는 놀이의 매력이 너무 크기 때문에 허기나 갈증을 달래줄 과일도 마다한다. 그러나 내가 발견한 것은 그런 놀이의 매력보다도 놀이를 통해 행복하고자 하는 아이들의 의지이다. 물론 이런 의지를 꼭 아이들에게서만 볼 수 있는 것은 아니다. 놀이에서 의지가 위세를 떨칠 수 있는 이유는 그것이 단지 돌아다니고 팽이를 치고 달리고 소리 지르는 간단한 일을 하려는 것이기 때문이다. 당장에 실행할 수 있는 일이므로 해보고자 할 수 있는 것이다.

사교계의 즐거움에서도 이와 같은 결단과 실행을 볼 수 있다. 사교계에는 규율에 따르는 즐거움이 있으며 이를 위해서는 의상과 태도에 노력을 기울여야 한다. 의상과 태도는 또 역으로 규율을 지탱하기도 한다. 도시인이 특별히 시골 생활을 즐거워하는 이유는 그가 다른 곳이 아닌 시골에 가기 때문이다. 행위는 행위에 대한 욕망을 수반한다. 내 생각에 우리는 자기가 할 수 없는 것을 욕망할 줄 모른다. 또, 희망을 돕지 않으면 그 희망은 언제나 슬픔이 된다. 그래서 행복이 어련히 오겠거니 하고 기다리는 사람의 삶은 늘 슬프다.

누구나 가정 내의 폭군을 알고 있을 것이다. 우리는 이기주의자란 자신의 행복을 위해 주변 사람들의 행동 법칙을 정해두는 사람이라고 단순하게 생각한다. 하지만 이치는 그렇게 흘러가지 않는다. 이기주의자는 행복을 기다리고만 있으므로 슬픈 사람이다. 심지어 흔히 있어야 할 사소한 불편함이 없어서 지루해진다. 그러므로 이기주의자가 자기를 사랑하거나 염려해주는 사람들에게 부과한 법칙은 지루함과 불행의 법칙인 것이다. 반대로 유쾌함에는 관대한 무엇인가가 있다. 그것은 받기보다 주는 것이다. 우리가 타인의 행복을 생각해야 함은 분명하다. 그런데 우리를 사랑하는 사람들을 위해 우리가 할 수 있는 최선의 일은 바로 지금 내가 행복해지는 것임을 사람들은 잘 모른다.

이것은 예의가 우리에게 가르쳐주는 바이기도 하다. 예의란 외형에 나타나는 행복으로, 외부의 반응이 내부로 전해지면서 곧장 느껴진다. 이것은 변하지 않는 법칙이지만 줄곧 잊힌다. 그래서 예의 바른 사람은 행복의 보상을 받으면서도 그것이 보상이라는 사실을 모른다. 젊은이들만이 쓸 수 있는 최고의 아첨이 있는데, 효과는 언제나 백발백중이다. 그것은 나이 먹은 사람들 앞에서 행복의 광채를 발하는 젊음의 아름다움을 내보이는 것이다. 이것은 그들이 베푸는 은혜grâce다. 여기서 은혜란 그 단어가 갖는 여러 의미 중에서도, 존재 자체에서 샘물처럼 솟아나는 이유 없는 행복을 일컫는다.

그리고 이 단어의 또 다른 의미인 우아함이라 하면, 거기에 덧붙여서 좀 더 많은 주의력과 의도가 들어간 태도를 말한다. 우아함은 젊음의 재산만으로는 더 이상 충분하지 않을 때 나타난다. 제아무리 폭군이라도 그 앞에서 잘 먹는다든가 지루함을 내비치지 않는다든가 하는 태도는 언제나 그의 기분을 즐겁게 해준다. 그래서 타인의 기쁨을 불편해하는 것처럼 보이는 우울한 폭군도 즐거움으로 생기발랄한 사람들에게는 흔히 지거나 정복당한다.

작가들 역시 글을 쓰는 기쁨에 의하여 사람들에게 기쁨을 선사한다. 그래서 표현의 행복이니, 행복의 문체니 하는 말이 자주 사용되는 것이다. 모든 문장의 아름다움은 작가의 기쁨에서 비롯된다. 우리 인간은 서로에게 가장 기분 좋은 것만을 보여주고자 한다. 그래서 예의가 처세법이라는 멋진 이름을 얻은 것이다.

◌　　　타인을 즐겁게 하라

　　　　　남을 즐겁게 하라는 말을 처음 들으면 좀 놀랄 수 있다. 그건 거짓말쟁이나 아첨꾼, 궁정 신하나 하는 짓이 아닌가? 하지만 이 규칙을 바르게 이해해보자. 여기에서는 '기회가 된다면 가능한 모든 순간에 거짓과 비굴함 없이 남을 즐겁게 함'을 뜻한다. 사실 언제라도 남을 즐겁게 할 수 있다.

　우리는 불쾌한 진실에 대해 말할 때 언성이 높아지고 얼굴이 상기되는데, 그건 한낱 기분 변화 탓이며 일순간만 나타나는 병일 뿐이다. 그러고 나면 우리는 그때 좀 대담했으면 좋았을걸, 하고 부질없이 바란다. 그런데 대담함을 시도해보지도 않고서 그리고 무엇보다 깊이 성찰해보지도 않고서 그런 생각을 한다는 것은 진위가 의심스럽다. 그로부터 나는 다음과 같은 도덕 규칙을 도출하고자 한다. "심사숙고한 의지의 발로가 아니라면 그리고 자기보다 강한 사람 앞이 아니라면 절대 교만하지 말 것." 우리는 교만하기보다 담담한 어조로 사실에 대해서만 이야기하고, 그중에서도 칭찬할 만한 사실을 골라 이야기해야 한다.

칭찬할 만한 일이란 어디에든 널렸다. 왜냐하면 행동의 진짜 동기란 어차피 아무도 알 수 없고, 비겁함보다는 중용을, 간사함보다는 우정을 상정해도 무슨 손해가 나지도 않기 때문이다. 특히 젊은이들에 대해서는 그저 가정이라도 가장 좋은 가정을 하고, 젊은이 스스로 자신의 아름다운 초상을 그릴 수 있도록 독려해야 한다. 그러면 그들은 자신을 그런 존재로 믿고 또 곧 그런 존재가 될 것이다. 비판은 아무짝에도 쓸모없다. 예컨대 상대가 시인이라면, 그의 가장 아름다운 시구를 기억하여 인용하라. 또 정치인이라면 악행을 저지르지 않은 점을 모두 칭찬해주어라.

어느 유아 학교의 일화가 떠올랐다. 그때까지 장난이나 치고 낙서나 하던 개구쟁이가 어느 날 글씨 연습 공책의 3분의 1쪽가량을 바르게 써 내려가고 있었다. 선생님은 책상 사이를 지나다니며 잘 쓴 글씨에 점수를 주고 있었다. 그런데 선생님이 그렇게 힘들게 쓴 개구쟁이의 글씨만 보지 못하고 지나가버렸다. "아, 진짜. 뭐야!" 하고 아이가 말했다. 아이가 그렇게 노골적으로 말한 것은 그곳이 생 제르맹과 같은 고급 주택 지구가 아니기 때문이었다. 그래도 선생님은 다시 아이에게 돌아와서 별다른 말 없이 점수를 주었다. 말씨가 아니라 글씨에 대해 준 점수였다.

이건 좀 어려운 사례에 속하고, 이 밖에도 주저 없이 미소 짓고 예의와 친절을 베풀 기회는 언제나, 얼마든지 있다. 사람들이 붐비는 곳에서 떠밀리더라도 이 규칙을 떠올리고 웃어버려라. 웃음은 혼란을 해소한다. 각자 조금이나마 화가 났던 자신이 부끄럽기 때문이다. 그러면 당신도 화를 크게 내는 일, 즉 작은 병에 걸리는 일을 면할 수 있을 것이다.

나는 예의도 이와 같다고 생각한다. 예의는 정념에 대항하기 위한 체조이다. 예의를 차린다는 것은 우리의 모든 몸짓과 언어를 통해 "흥분하지 말자. 내 삶의 이 순간을 망치지 말자"라는 메시지를 말하고 표하는 일이다. 그렇다면 예의란 복음서에 나오는 자비인가? 그렇지 않다. 거기까지 나아가지는 않겠다. 자비란 대체로 분별이 없어서 모욕적인 면이 있다. 진정한 예의는, 모든 마찰을 완화하고 사람들 사이에서 퍼져나가는 즐거움 속에 있다. 그런데 이러한 의미의 예의를 가르치는 곳은 거의 없다. 예의를 그토록 중시하는 사교계에서도 연신 허리를 굽히는 사람은 많이 봤지만, 예의 바른 사람은 한 명도 본 적이 없다.

5장

행복

기필코 행복해질 그대에게

누구나 살아 있는 사람들을 찾고자 한다.
스스로 만족하고, 자기가 만족하고 있음을 보이는
사람들 말이다.

행복 幸福: 생활에서 충분한 만족과 기쁨을 느끼어 흐뭇함

○ 스스로 만들어낸 행복은
배신하지 않는다

　　주어진 대로 견디지 않고 스스로 행동하는 것이 행복감의 근원이다. 그런데 사탕을 먹으면 녹기를 기다리는 것 외에는 달리 할 일이 없어도 소소하게 즐겁다. 그래서 많은 사람이 이런 식으로 행복을 찾다가 낭패를 본다. 노래는 절대로 부르지 않으면서 듣기만 한다면 음악이 주는 기쁨을 제대로 느끼지 못한다. 그래서 어느 현명한 사람은 음악의 맛은 귀가 아니라 목으로 느끼는 것이라고 말했다. 아름다운 그림을 볼 때 느끼는 즐거움은 휴식하는 즐거움이다. 그러나 그림을 서투르게나마 직접 그리거나 수집하는 게 아니라면 큰 즐거움은 못 된다. 즐거움은 단순히 판단하는 행위가 아니라 탐구하고 정복함으로써 얻을 수 있다.

사람들은 연극을 보러 가지만, 생각보다 더 지루해한다. 지루하지 않으려면 연극을 만들어보거나 적어도 연기를 해봐야 한다. 모두가 배우 역할을 하는 사교계라는 희극 속에서 즐거움을 느꼈던 기억이 누구에게나 있을 것이다. 나에게는 몇 주 동안 인형극 만들기에 몰두했던 행복한 추억이 있다. 관객의 반응은 중요하지 않았다. 이 인형극에서 비평이라는 보잘것없는 즐거움은 관객의 몫이었다.

카드놀이를 하는 사람은 끊임없이 새로운 것을 만들어내며 게임의 흐름을 바꾼다. 카드놀이를 할 줄 모르는 사람에게 카드놀이를 좋아하느냐고 물어서는 안 된다. 카드놀이를 일단 할 줄 알게 되면 정치 따위는 신경 쓰지 않게 된다. 다만 우선은 배워야 한다. 세상만사가 이와 같다. 배워야 행복해진다.

사람들은 행복이 늘 우리 곁에서 달아난다고 말한다. 거저 주어진 행복은 그렇다. 그런 행복에서는 아무것도 찾을 것이 없기 때문이다. 하지만 스스로 만들어낸 행복은 절대 배신하지 않는다. 행복은 배우는 일이고, 우리는 언제나 배우면서 살아간다. 알면 알수록 배우는 역량도 커진다.

라틴어 학자의 즐거움도 여기에서 온다. 그 즐거움에는 끝이 없으며 실력이 향상됨에 따라 더 커진다. 음악가가 되는 즐거움도 마찬가지다. 아리스토텔레스는 "참된 음악가는 음악에서 즐거움을 얻고, 참된 정치인은 정치에서 즐거움을 얻는다"라는 놀라운 말을 남겼다. 그는 또 "즐거움은 권력의 표시다"라고 했다.

모든 행동에 있어서 스스로 만들어낸 즐거움은 우리가 진정으로 향상되었다는 표시이다. 이로부터 노동만이 유일하게 달콤하며 그 자체로 완벽함을 알 수 있다. 여기서 노동이란 권력의 결과이자 원천인 자유로운 노동을 말한다. 다시 말하지만, 주어진 대로 견디지 않고 스스로 행동해야 한다.

석공들이 시간 가는 줄 모르고 작은 집을 짓는 모습을 본 적이 있을 것이다. 그들이 돌을 하나하나 고르는 것을 눈여겨보아야 한다. 이런 즐거움은 어느 직업에나 존재한다. 노동자들은 언제나 무언가를 만들고 배우기 때문이다.

그러나 기계적인 완벽함은 지루함을 가져온다. 더구나 직공이 자신이 만드는 것에 대한 어떤 권한도 없이 계속 다음 것을 만들어야 한다면, 소유권도 없고 직접 사용해서 개선점을 찾을 기회도 없이 이 일을 반복해야 한다면 큰 혼란이 온다. 반면 농부는 일이 계속 유기적으로 연결되고 오늘 한 일이 내일 일의 밑거름이 되어 즐겁다. 그는 자유롭고 주체적이다.

사람들은 상당한 고통을 대가로 지불해야 하는 이런 행복을 부정하고 쉽게 주어지는 행복을 맛보고 싶다는 잘못된 생각을 한다. 철학자 디오게네스가 말했듯이 고통이야말로 좋은 것이건만, 정신은 이 모순을 받아들이기를 거부한다. 하지만 극복해야만 한다. 그리고 여기에서도 한 번 더 이러한 고통을 성찰하는 즐거움을 찾아야 한다.

죽음을 걱정하지 마라

햇볕을 쬐거나 간신히 집으로 돌아가는 유령 같은 모습의 사람을 길에서 종종 마주친다. 이렇게 극도로 노쇠하여 죽음이 임박한 사람을 보면 견딜 수 없는 공포가 느껴진다. 우리는 그 자리를 뜨면서 말한다. "저 사람은 왜 아직 살아 있는 거지?" 그 사람은 그래도 아직 살고 싶은 것이다. 햇볕에 몸을 쬐는 건 죽고 싶지 않다는 뜻이다.

여기서 우리의 사고思考는 험난한 길을 가야 한다. 이 길에서 사고는 비틀거리고, 다치고, 흥분하고, 잘못된 방향으로 가기도 한다. 그 광경을 본 나는 올바른 길을 찾기 위해 조심스럽게 의견을 말했다. 그런데 내 앞의 친구는 분노로 눈에 불을 켠 듯 잘못된 주장을 하느라 떨고 있었다. 그는 이렇게 말했다.

"모두가 비참해. 건강한 사람은 병에 걸릴까 봐, 갑자기 죽을까 봐 걱정하지. 그 걱정에 모든 힘을 쏟아. 그리고 두려움을 조금도 놓치지 않으려 해. 하나도 빠짐없이 느끼려고 말이야. 그런데 저 병든 사람들을 봐. 저들은 죽음을 원해야 할 텐데 전혀 그렇지 않아. 저들도 여전히 죽음을 거부해. 그러니 병은 병대로 앓고 거기에 걱정까지 더해지는 거야. 자네는 '삶이 저토록 끔찍한데 어찌 죽음을 두려워하겠는가'라고 말하지만, 보다시피 고통을 싫어하면서 죽음도 싫어할 수 있어. 우리의 끝도 저럴 테지."

그는 자기 말이 확실하다고 여기는 것 같았다. 나도 그렇게 믿고 싶으면 믿을 수 있었을 것이다. 불행해지기는 쉽다. 어려운 건 행복해지는 일이다. 그렇다고 해서 행복을 위해 노력하지 않을 이유는 없다. 오히려 그 반대다. 속담에도 아름다운 것은 구하기 어렵다고 했다.

나에게는 지옥에서 준비해 온 듯한 그의 강변에 동조하지 않을 이유가 있다. 그런 과격한 말은 이치를 밝히는 빛처럼 보인다. 하지만 그것은 거짓된 빛이다. 나도 어쩔 수 없이 불행에 빠진 적이 여러 번 있다. 왜 그랬을까? 여자의 눈빛 때문이었다. 그 눈은 아마 눈부셨거나, 피곤했거나, 하늘이 흐려서 어두웠을 수도 있다. 아니면 하찮은 생각을 하고 있었거나 화가 났거나, 아무 말이나 하려 했을 수도 있다.

누구나 이런 이상한 광기를 경험해봤을 것이다. 그리고 1년 후에는 그 일을 즐겁게 웃으며 회상한다. 다시 말하지만 눈물, 흐느낌, 위장과 심장의 고통, 격렬한 몸짓, 쓸데없는 근육 긴장 등이 생각과 섞이면 정념은 즉시 우리를 속인다. 순진한 사람은 매번 거기에 휩쓸린다. 하지만 나는 이 거짓된 빛이 곧 꺼질 것을 안다. 나는 그것을 더 빨리 꺼뜨리고 싶다. 그리고 그렇게 할 수 있다.

과격한 비난을 하지 않는 것만으로도 충분하다. 나는 내 목소리가 나에게 미치는 영향을 잘 안다. 그래서 나는 비극적인 목소리가 아닌 평소의 차분한 목소리로 말하고 싶다. 결국 어조의 문제다.

나는 병과 죽음이 자연스러운 일임을 안다. 이에 반항하는 것은 잘못되고 비인간적인 생각이다. 인간으로서의 올바른 생각은 인간 조건과 세상의 이치에 맞아야 한다고 믿기 때문이다. 그것만으로도 경솔하게 불평하지 않을 강력한 이유가 된다. 불평은 화를 키우고, 화는 또 불평을 키운다. 지옥의 악순환이다. 하지만 그 지옥의 악마는 바로 나 자신이며, 악마의 삼지창을 쥐고 있는 것도 나 자신이다.

정념의 호소에 속지 마라

우리는 거의 매번 정념의 호소에 속는다. 이는 우리 몸의 상태에 따라 상상이 만들어내는 환영의 연극이다. 이 연극은 몸이 휴식 중인지, 피곤한지, 흥분했는지, 우울한지에 따라 슬프거나 기쁘고, 즐겁거나 침울하다. 그래서 우리는 진짜 원인을 찾아 고치기보다 쉽게 주변 사물과 사람을 탓한다. 그 원인이 대개 작고 사소한 것인데도 말이다.

요즘 같은 시험 철이면 많은 수험생이 공부하느라 눈이 피로하고 머리가 산만해져 두통을 느낀다. 이 정도는 쉬고 잠을 자면 금방 나아진다. 하지만 순진한 수험생들은 그렇게 생각하지 못한다. 그들은 먼저 자신이 빨리 익히지 못한다고 생각한다. 개념도 모르겠고, 책 내용은 머릿속에 들어오지 않는다고 말이다. 그래서 시험은 너무 어렵고 자신의 능력은 부족하다며 슬퍼한다.

그러고는 과거로 눈을 돌려 여전히 그 슬픈 시선으로 추억을 돌이켜본다. 그로부터 깨달은 것, 혹은 깨달았다고 믿는 것은 자신은 열심히 한 적이 없고, 모든 것을 다시 공부해야 하며, 아는 것도 정리된 것도 없다는 것이다. 그리고 미래를 바라보며 시간은 부족한데 진도가 너무 느리다고 생각한다. 그렇게 두 손으로 머리를 감싸고 다시 책으로 돌아온다. 잠자리에 들어야 하는데 말이다. 고통이 치유법을 가리고 있는 것이다.

이 수험생이 공부를 놓지 못하는 것은 바로 그가 피곤하기 때문이다. 이럴 때 그에게 필요한 것은 데카르트와 스피노자가 거듭 증명했던 스토아주의의 지혜다. 상상이 만든 시련 앞에서 언제나 경계하면서, 차분한 성찰로 감정의 호소를 간파해야 한다. 그리고 믿기를 거부해야 한다. 그러면 아무리 심한 마음의 고통도 불시에 사라질 것이다. 약간의 두통이나 눈의 피로는 견딜 만하고 오래가지도 않기 때문이다. 참을 수 없는 것은 절망이다. 절망은 그 자체로 절망의 원인을 더 악화시킨다.

이것이 정념의 함정이다. 화가 난 사람은 자신을 관객 삼아 감동적인 비극을 생생하게 연기한다. 이 연극에서 그는 적의 모든 잘못과 속임수, 꾸민 일, 모욕, 계획 등을 재현한다. 모든 것이 분노로 해석되어 분노가 더욱 커진다. 마치 화가가 복수의 세 여신을 그려놓고 스스로 무서워하는 꼴이다.

이런 과정을 통해 사소한 원인으로 시작된 분노는 마음과 몸의 폭풍이 더해져서 결국 태풍으로 커지기 쉽다. 분명한 것은 과거의 모욕, 불평, 요구 등을 역사학자처럼 따져본들 이 동요를 잠재울 수 없다는 사실이다. 그런 것들은 정신착란 증세와 같은 헛된 환영이기 때문이다.

다시 말하지만, 감정의 호소를 간파하고 믿어서는 안 된다. "친구인 척하는 저놈은 늘 나를 무시했어"라고 말하지 말아야 한다. 대신 이렇게 생각해야 한다. '이런 흥분 상태에서는 잘못 볼 수도, 잘못 판단할 수도 있다. 나는 비극에서 스스로를 비난하는 배우일 뿐이다.' 그러면 관객이 없어진 극장에서 불이 꺼질 것이다. 반짝이던 무대 장식은 초라해 보일 것이다.

현실적인 지혜란 이런 것이다. 이것이 불의의 시詩에 맞서는 실질적인 무기이다. 그런데 우리는 망상에 기대고 자신의 불행을 남에게 주는 것밖에 모르는 모럴리스트들의 아류에게서 조언을 받고 있으니 안타까울 따름이다.

◌　　　후회하지 말고 현재에 집중하라

　　　　　　"사기꾼은 하찮은 일로 자살하지 않는다"라는 말이 있다. 하지만 정직한 사람이 명예를 훼손당했다고 생각해 죽음을 택하는 일은 처음도 아니고 앞으로도 일어날 것이다. 그는 이후에 자신을 비난했다고 믿었던 사람들로부터 애도를 받기도 한다. 이런 비극적 사건에 대해 두 가지 의문이 든다. 첫째, 왜 올바르고 이성적이려 노력한 사람이 타인의 공격에 쉽게 무너지는가? 둘째, 어떻게 생각해야 절망을 이겨낼 수 있는가?

　　상황을 판단하고 어려운 문제를 제기한다, 해결책을 찾는다, 해결책을 찾지 못한다, 더는 어떻게 해야 할지 모르게 된다, 회전목마처럼 생각이 빙글빙글 돈다. 이를 두고 지성에도 자신을 찌르는 가시가 있다고 할 수도 있지만, 전혀 그렇지 않다. 우선 이런 오류에 빠지지 않는 것이 중요하다. 세상에는 풀 수 없는 문제가 많다는 사실 자체가 위안이 될 수 있다.

변호사, 법무사, 판사는 어떤 사건에 희망이 없거나 판결이 불가능하다고 쉽게 결정한다. 그들은 이런 판단 때문에 식욕을 잃거나 불면증을 겪지 않는다. 우리가 해결 불가능한 문제로 고통받는 이유는 그 문제와 싸우려 하고, 현실을 있는 그대로 보지 않으려 하기 때문이다.

모든 정념의 작용에는 돌이킬 수 없는 것에 대한 저항이 있다. 예를 들어, 사랑에 빠진 사람은 상대방의 단점을 인정하지 않으려 한다. 마찬가지로, 피할 수 없는 실패 앞에서도 우리는 같은 길을 반복해서 가려 한다. 마치 다른 결과가 나올 것처럼 말이다.

하지만 이미 지나온 길은 돌아갈 수 없다. 우리는 현재에 있을 뿐이다. 시간이라는 길에서는 되돌아가거나 같은 곳을 다시 지날 수 없다. 강인한 사람은 자신의 위치를 알고, 현재의 일과 돌이킬 수 없는 일을 구분하며, 그 지점에서 미래로 나아간다.

이런 태도를 갖기는 쉽지 않다. 작은 것부터 연습해야 한다. 그러지 않으면 정념이 우리를 가두고 우리는 그 안에서 같은 자리만 맴돌게 된다. 과거를 돌아보며 느끼는 슬픔은 무익하고 해롭다. 불필요한 반성과 탐구를 하게 만들기 때문이다. 스피노자는 후회를 잘못을 두 번 저지르는 것이라고 했다.

슬픔에 빠진 사람이 스피노자를 읽는다면 이렇게 말할 것이다. "내가 슬픔에 빠져 있다면 영원히 기쁠 수 없겠지. 이건 내 기분, 피로, 나이, 날씨에 따라 변하는 거야." 제대로 짚었다. 이를 스스로에게 진지하게 말해보라. 슬픔을 진짜 원인으로 돌려보내라. 무거운 생각이 바람에 날리는 구름처럼 사라질 것이다.

땅은 불행으로 덮일지 모르지만, 하늘은 맑을 것이다. 그것만으로도 충분하다. 이렇게 하면 슬픔은 다시 몸으로 돌아가고, 생각은 정화된다. 또 다른 방법은 생각이 슬픔에 날개를 달아준다고 여기는 것이다. 제대로 된 반성을 통해 우리는 이 날개를 꺾을 수 있다. 그러면 슬픔은 여전히 우리 곁에 있지만, 더 이상 눈앞을 가리지 않는다. 그런데도 우리는 어리석게도 슬픔이 높이 날아오르기를 바란다.

⌬ 고통을 되씹는
어리석은 사람이 되지 마라

기침이 나면 격렬하게 콜록거리는 사람은 목구멍을 긁으면 편해질 거라고 생각한다. 하지만 이는 어리석은 방법이다. 목구멍만 자극되어 숨을 헐떡이다 지칠 뿐이다. 병원에서는 환자에게 기침을 참도록 지도한다. 우선 최대한 기침을 참고, 그래도 나오려 하면 그 순간 침을 삼킨다. 기침과 침 삼키기는 서로 반대되는 행위이기 때문이다. 마지막으로, 기침이 나더라도 신경 쓰지 않는다. 무시하면 저절로 가라앉기 때문이다.

마찬가지로 일부 환자는 스스로를 괴롭히며 이상한 쾌감을 느낀다. 하지만 그 후에는 더 큰 고통이 따른다. 이들은 기침을 참지 못하는 사람처럼 자신에게 화를 내는 셈이다. 이는 어리석은 행동이다.

불면증에도 똑같은 종류의 비극이 있다. 스스로 만든 병으로 고통받는 비극 말이다. 잠을 자지 않고 쉬는 것 자체는 문제가 되지 않는다. 침대에 누워 있는 것도 나쁘지 않다. 문제는 머리가 쉬지 않는다는 점이다. 우리는 잠을 자려고 애쓰고 거기에 집중한다. 그 의지와 집중 때문에 오히려 깨어 있게 된다. 게다가 짜증도 난다. 시간을 헤아리며 휴식 시간을 제대로 활용하지 못한다고 생각한다. 그러면서 물 밖에 나온 물고기처럼 몸을 뒤척인다. 이 또한 어리석은 행동이다.

또 어떤 사람들은 불만이 있으면 밤낮으로 그것만 생각한다. 읽다 만 우울한 소설처럼 자신의 이야기를 계속 되새긴다. 이렇게 자신만의 슬픔에 빠져들고 그것을 즐긴다. 혹시 잊을까봐 다시 생각하고, 예상되는 모든 불행을 하나씩 들여다본다. 마치 상처를 긁는 것과 같다. 이 역시 어리석은 행동이다.

실연한 사람은 다른 생각을 하지 않으려 한다. 지난날의 아름다움, 상대방의 완벽함 그리고 배신의 억울함만 곱씹는다. 이렇게 자신을 괴롭힌다. 하지만 다른 방식으로 생각해야 한다. 그 사람은 이제 첫 만남의 설렘을 줄 수 없는 평범한 사람이라고 여기는 것이다. 나이 든 그 사람과의 삶을 상상해본다. 함께했던 즐거움이나 사랑이 정말 대단했는지 솔직히 생각해본다. 다투었던 기억도 떠올려본다. 연인 사이였을 때는 화해하고 넘겼던 그 다툼이 이제는 위안이 된다. 마지막으로 그 사람의 외모를 자세히 살펴본다. 눈, 코, 입, 손, 발, 목소리 등 마음에 들지 않는 부분을 찾는다. 그런 것은 항상 있기 마련이다.

이것이야말로 진정한 치유법이다. 복잡하고 어려운 행위에는 쉽게 몰두할 수 있다. 하지만 이를 불행에 뛰어들기 위해서가 아니라 자신을 위로하는 데 써야 한다. 올바른 목적으로 사용한다면 마음은 생각보다 빨리 치유될 것이다.

여행이 즐거워지는 시간 활용법

       일전에 프랑스 서부 지방에서 신형 기관차를 본 적이 있다. 원래보다 더 길고, 더 높고, 더 단순한 형태였다. 톱니바퀴들은 시계 부품처럼 완벽하게 맞물려 있었고, 돌아가는 소음도 거의 들리지 않았다. 허투루 쓰이는 부분 없이 하나의 목적을 향해 있다는 느낌이었다. 증기는 화력으로 얻은 모든 에너지를 피스톤에서 남김없이 소진하고서 빠져나왔다. 나는 매끄럽게 출발한 기차가 일정한 속도를 내며 달리는 상상을 해본다. 압력은 흔들림 없이 전달되고, 육중한 차체는 시속 120킬로미터로 미끄러지듯 달린다. 게다가 석탄과 물을 실은 거대한 탄수차를 보면 이 기관차가 과연 얼마나 많은 석탄을 태울 것인가를 충분히 알 수 있다.

자, 이것이 과학의 성과이다. 지금까지 있었던 수많은 도면과 실험, 셀 수 없이 많은 망치질과 줄질의 결과다. 대체 무엇을 위해서였을까? 아마도 파리와 르아브르를 오가는 시간을 15분 정도 단축하기 위해서였을 것이다. 그것으로 행복해진 승객들은 자기가 비싸게 주고 산 15분으로 무엇을 할 것인가? 많은 사람이 플랫폼에서 대기하는 데에 그 15분을 사용할 것이다. 또 어떤 사람들은 카페에서 15분 더 머무르면서 신문의 광고란까지 읽을 것이다. 여기에 어떤 이득이 있단 말인가? 누구를 위한 이득이란 말인가?

또 기묘한 일은, 기차가 느리게 가면 지루해할 승객이, 이 기차가 다른 기차보다 15분 일찍 도착한다고 설명하느라 출발 전이나 후에 그 15분을 사용할 거라는 점이다. 누구나 하루에 적어도 15분 정도는 이런 새 기관차 소식을 접한다든가 카드놀이를 한다든가 공상을 하면서 허비하게 마련이다. 그런데 왜 열차 안에서는 시간을 그와 같이 허비하지 못하는가?

열차 안보다 더 좋은 장소는 없다. 내가 말하는 것은 급행열차이다. 열차의 좌석에 앉으면 어떤 안락의자보다 편하다. 넓은 차창을 통해 강과 계곡, 언덕, 촌락, 도시가 지나가는 것을 볼 수 있다. 산 중턱의 도로와 그 도로 위를 달리는 자동차들, 강물 위에 늘어선 배의 대열을 눈으로 따라가본다. 창밖에는 이 나라의 모든 풍요로움이 펼쳐져 있다. 때로는 보리밭이며 호밀밭이, 때로는 사탕무밭과 정제 시설이 보인다. 또, 울창한 산림과 목초지, 소와 말이 차례로 나타난다. 산허리가 잘린 곳에서는 지층이 보인다. 이 얼마나 멋진 지리 화보인가. 넘길 필요도 없고 계절과 날씨에 따라 매일 바뀌기까지 한다. 저기 언덕 뒤편으로는 폭풍우가 쏟아지려 하고 건초를 실은 마차는 도로를 따라 길을 서두르고 있다. 또 어떤 날에는 수확하는 일꾼들이 황금빛 먼지 속에서 일하고, 햇빛에 비친 공기가 떨리는 것을 볼 수 있다. 이것에 견줄 경치가 어디 있으랴?

하지만 승객은 신문을 읽으며 흐릿해서 잘 보이지도 않는 삽화를 관심 있게 보려 애쓰다가 시계를 꺼내고, 하품을 하고, 가방을 열었다가 닫는다. 기차가 도착하면 서둘러 소리쳐서 마차를 잡아타고 마치 집에 불이라도 난 양 달려간다. 저녁이 되면 극장에서 그 승객을 다시 만나게 될 것이다. 그는 페인트칠한 골판지 나무와 가짜 추수 곡식, 가짜 시계탑 종에 감탄할 것이다. 가짜 추수꾼들은 귀에다 대고 고래고래 타령을 한다. 그리고 그는 좁은 객석에 갇힌 탓에 부딪혀 멍든 무릎을 문지르며 말할 것이다. "추수꾼들 노래는 영 틀렸더군. 그래도 무대 장식은 나쁘지 않았어."

◌ 불평 대신 긍정을 택하라

세상살이에는 이미 충분히 많은 어려움이 있다. 그런데도 사람들은 상상력을 동원해 더 많은 어려움을 만들어낸다. 당신은 자기 직업에 대해 불평하는 사람을 매일 한 명 이상 만날 것이다. 그들의 불평은 항상 그럴듯하게 들린다. 모든 일에는 항상 이야깃거리가 있고 완벽하게 만족스러운 일은 없기 때문이다.

교사라면 무지하고 난폭한 학생들을 가르쳐야 한다고 불평할 것이다. 공무원이라면 서류 더미에 파묻혀 산다고 할 것이다. 변호사들은 졸린 판사 앞에서 변론해야 한다고 말할 것이다. 이 불평에는 분명 일리가 있다. 나도 그렇게 생각한다. 어느 정도는 사실이기 때문에 그런 말이 나오는 것이다. 거기에 기분이 안 좋거나 신발이 젖기까지 했다면, 그런 불평은 충분히 이해할 만하다. 이런 이유로 사람들은 삶과 인간을 그리고 신을 믿는다면 신까지도 저주한다.

하지만 한 가지 주의할 점이 있다. 불평에는 끝이 없고 슬픔은 또 다른 슬픔을 낳는다는 것이다. 이렇게 운명 탓을 하는 한 불행은 더 커지고, 웃을 희망은 사라지며, 불편했던 위장은 더 요동친다. 친구가 매사에 불평한다면, 당신은 분명 그를 진정시키고 다른 시각으로 보기를 권할 것이다. 그런데 왜 자신에게는 그런 좋은 친구가 되어주지 않는가? 당연히 그래야 한다. 자신을 사랑하고 자신에게 친절해야 한다는 말이다. 세상만사가 대개는 첫 태도에 달려 있기 때문이다.

어느 옛 작가가 말했듯이, 모든 사건에는 두 개의 손잡이가 있는데 다칠 위험이 있는 쪽을 잡는 자는 현명하지 못하다. 어느 사회에서나 철학자란 어떤 상황에서도 가장 유익하고 기운을 북돋는 말을 해주는 사람을 일컫는다. 그것이 핵심이다. 그러므로 자신에게 반대하지 말고 자신의 편에 서서 변호해야 한다. 우리는 모두 설득력 있는 훌륭한 변호인이므로, 이 길을 택하면 자기 일에 만족할 이유를 찾을 수 있을 것이다.

사람들이 자기 직업을 불평하는 이유는 부주의 때문이기도 하지만, 때로는 예의를 차리기 위해서이기도 하다. 불평 대신 자신의 일과 창의적인 활동에 대해 말하는 사람이 된다면, 우리는 시인이 된 것이다. 그것도 즐거운 시인 말이다.

가랑비가 내리기 시작한다. 거리에서 당신은 우산을 편다. 그것으로 충분하다. 굳이 "운수 더럽게 비까지 오네!"라고 말할 필요가 있을까? 그렇게 말한다고 해도 빗방울이나 구름, 바람은 달라지지 않는다. 대신 "아! 단비가 내리는구나!"라고 말하자. 물론 이 말도 비에 영향을 주지 않는다. 하지만 그렇게 말하는 것이 당신에게 좋다. 기분 좋게 몸을 떨면 실제로 열기가 느껴진다. 그것이 기쁨의 몸짓이 주는 가장 작은 효과다. 그러면 비를 맞아도 감기에 걸리지 않을 것이다.

사람도 비를 맞듯이 받아들여라. 그건 쉽지 않다고 말할지 모른다. 그렇지 않다. 비를 맞는 것보다 훨씬 쉽다. 그저 미소 짓기만 하면 되기 때문이다. 물론 비에는 아무런 영향이 없겠지만, 그 미소를 따라 하는 사람은 슬픔과 불쾌감을 덜고 한결 가벼워질 것이다. 당신이 자신의 내면을 들여다본다면 그들을 쉽게 이해할 수 있을 것이다.

마르쿠스 아우렐리우스[22]는 매일 아침 이렇게 말했다고 한다. "오늘도 건방진 자, 거짓말쟁이, 부정한 자, 지루한 수다쟁이를 만나러 가보자. 그자들은 무지해서 그런 꼴이 된 것이다."

○ 낙관적 태도가 성장을 부른다

어제 어떤 사람이 나를 단 몇 마디로 비평하기를, '구제 불능한 낙관주의자'라고 했다. 그는 분명 낙관주의를 잘못 이해하고 다음과 같은 의도를 내비친 것이었을 테다. 내가 낙관주의를 타고나서 행복한 것이며 자비로움이라는 공상 따위는 진리로 통하지 않는다고 말이다. 그러나 이는 '현재 상태'와 '추구하는 상태'를 혼동한 말이다. 아무런 노력을 가하지 않은, 지금 있는 그대로의 자신의 상태를 말하는 것이라면 비관주의가 진리일 것이다. 왜냐하면 인간사의 흐름이란, 그것을 내버려두면 즉시 최악의 상태로 치닫기 때문이다.

예를 들어 기분이 불쾌하면 불쾌한 대로 자신을 방치하는 사람은 곧 불행해지고 성격이 나빠진다. 이는 우리의 신체 구조상 어쩔 수 없는 일이다. 우리 몸은 감시하거나 지도하지 않으면 즉시 나쁜 방향으로 나아가게 되어 있다. 한 무리의 아이들이 노는 것을 관찰해보라. 놀이에 규칙이 없으면 곧 무분별하게 난폭한 짓을 한다. 여기서 우리는 흥분이 곧 신경질로 이어진다는 생물학적 법칙을 볼 수 있다.

시험 삼아 영유아에게 손뼉 치는 놀이를 시켜봐라. 아기는 자기 행동에 거의 광적으로 신이 나서 정신없이 놀이에 빠져들 것이다. 또 다른 시험으로 어린 소년에게 말을 시켜봐라. 그리고 약간의 칭찬을 해주어라. 그것만으로도 아이는 수줍음을 극복하고 곧 엉뚱한 말을 쏟아낼 것이다. 이와 같은 교훈을 얻은 당신은 부끄러움에 얼굴을 붉힐 수도 있다. 왜냐하면 이것은 모두에게 유익하지만 동시에 쓰디쓴 교훈이기도 하기 때문이다.

누구나 절제하지 않고 말을 뱉다 보면 금방 엉뚱한 말이 튀어나온다. 그러고 나면 곧 자기 성격을 저주하며 스스로에 절망하게 된다. 이와 같은 맥락에서 흥분한 군중을 한번 생각해보라. 그들이 저지를 수 있는 모든 악과 모든 어리석은 행동을 예상할 수 있을 것이다. 그 예상은 빗나가지 않을 것이다.

어떤 분야에서든 처음 하는 일이 서투른 것은 당연하다. 운동으로 단련되지 않은 신체는 제멋대로 움직이게 마련이다. 그래서 그림에서든 펜싱에서든, 승마나 대화에서든 서투른 신체는 순식간에 핵심을 빗나가고 자연히 목적을 상실한다.

서투른 사람은 작은 동작을 하는 데에도 온몸에 힘을 준다. 누구나 처음에는 못 하나 박는 일도 잘 못한다. 그러나 기술 습득에는 한계가 없어서 하면 할수록 늘게 되어 있다. 모든 예술과 모든 직업이 이를 증명한다.

소묘란 몸짓의 궤적일 뿐이지만 잘 그린 작품은 그 자체로 다른 어떤 설명보다 더 설득력 있는 노력의 증거가 된다. 이 무겁고 초조하고 신경질적이며 몸의 무게가 잔뜩 실린 손으로 그토록 가볍고 절제되며 깨끗한 선을 그려냈기 때문이다. 오로지 그림 그리는 사람의 판단과 사물에 복종한 아름다운 선을 말이다.

또한, 누구나 진동하기도 하고 메이기도 하는 성대라는 근육 집합체를 물려받았지만 고함을 질러서 목을 상하게 하기도 하고 노래를 부르기도 한다. 필요한 것은 메인 것을 푸는 일이다. 그리고 그건 손쉬운 작업이 아니다.

분노와 절망이 첫 번째로 퇴치해야 할 적임은 모두 알고 있을 것이다. 그러므로 믿고, 소망하고, 미소 지어야 한다. 그리고 그와 더불어 일해야 한다. 불굴의 낙관주의를 규칙 중의 규칙으로 삼지 않으면 가장 어두운 비관주의가 진리가 되어버린다. 그것이 인간이 놓인 조건이다.

행복은 평화 그 자체이다

전쟁에도 정념과 같은 작용이 있다. 분노의 폭발은 이해관계의 충돌, 적대감, 원한 등으로는 설명할 수 없다. 그것은 분노를 정당화하려는 핑계에 불과하다. 반면 우호적인 상황은 언제나 비극을 멈출 수 있다.

말다툼, 싸움, 살인은 대개 우연히 만난 사람들 사이에서 일어난다. 이런 가정을 해보자. 만나면 항상 싸우던 두 사람이 일 때문에 각각 멀리 떨어진 도시로 오랫동안 떠나게 되었다. 그러면 단순히 떨어져 있는 것만으로도 이성으로는 이룰 수 없는 평화가 찾아온다. 모든 정념은 기회의 딸이다.

만약 두 사람이 입주자와 경비원처럼 매일 봐야 하는 사이라면, 첫 만남의 결과가 다시 원인이 된다. 성급하고 못마땅한 마음이 동기가 되어 그 감정은 더 강해진다. 그래서 처음의 원인이 엉뚱하게 발전해 전혀 다른 결과를 낳는다.

어린아이가 악을 쓰며 울 때는 순수한 신체 반응이 일어난다. 아이는 그것을 의심하지 않지만, 어른들은 주의 깊게 봐야 한다. 아이는 자기 울음소리에 더 괴롭고 짜증이 난다. 주변에서 다그치거나 호통을 치면 상황만 악화된다. 화가 화를 부추기는 것이다. 따라서 간단히 몸을 만지거나 주의를 돌려 몸을 움직여줘야 한다. 이럴 때 어머니는 아이를 데리고 산책하거나 달래는 등 효과적인 방법을 사용한다.

우리는 근육에 경련이 일어나면 주물러서 푼다. 마찬가지로 아이의 분노든 누구의 분노든, 모든 것은 근육이 긴장된 상태와 같으므로 운동과 음악으로 해소할 수 있다는 것이 옛 현인들의 말이다. 그런데 분노가 폭발할 때는 아무리 논리적인 설득도 소용없고 오히려 해가 되기도 한다. 어떤 설득을 들어도 상상 속에 떠오르는 모든 것이 분노를 유발하기 때문이다.

이런 고찰을 통해 우리는 전쟁이 왜 두려운지 이해할 수 있으며, 동시에 전쟁은 피할 수 있음을 알게 된다. 흥분이 점점 커지면 아주 사소한 이유로도 전쟁이 일어날 수 있다. 반면 흥분이 없다면 충분한 이유가 있어도 전쟁을 피할 수 있다. 그러므로 모든 시민은 이 간단한 법칙을 주의 깊게 생각해봐야 한다.

그런데 그들은 낙담하며 이렇게 생각하기 일쑤다. '내가 뭐라고 유럽의 평화를 위한단 말인가? 분쟁의 원인은 계속 생겨나고, 해결 불가능한 문제는 쌓여만 간다. 한쪽에서 통한 방법이 다른 쪽에서는 문제를 일으킨다. 얽힌 실타래처럼 풀려고 하면 더 얽힐 뿐이다. 운명에 맡길 수밖에 없다.'

하지만 수많은 예에서 볼 수 있듯이, 전쟁은 일어날 일이라서 일어나는 게 아니다. 모든 것은 정리되었다가 또 흐트러지기도 한다. 나는 프랑스가 영국의 공격에 대비해 브르타뉴 해안을 요새화하는 것을 본 적이 있다. 그런데 적이 올 거라는 예상에도 불구하고 그곳에서는 단 한 번도 전투가 일어나지 않았다.

진짜 위험 요인은 흥분이다. 흥분의 영역에서는 각자가 자기 자신의 왕이 되고 자신의 격정을 지배한다. 그것은 거대한 권력이며, 모든 시민은 그것을 다스리는 방법을 배워야 한다. 어느 현자의 말처럼, 먼저 행복해라. 행복은 평화에서 얻는 결과가 아니라, 평화 그 자체이기 때문이다.

◌　　　**현실을 있는 그대로 이해하라**

　　　"잘못된 의견을 지워라. 그러면 불행을 지울 수 있다"라고
에픽테토스는 말했다. 붉은 리본 장식의 레지옹 도뇌르 훈장※
을 기대했다가 받지 못하고 잠 못 이루는 사람이 있다면 이 충
고를 새겨들을 필요가 있다. 그 사람은 리본 가닥에 지나친 권
위를 부여하고 있는 것이다. 리본을 리본으로 보는 사람, 그러
니까 비단 조각에 붉은 물을 들인 것으로 보는 사람은 그것을
받지 못했다고 해서 심란해하지 않는다.

　　에픽테토스는 이와 같은 직설적인 예를 많이 들었다. 이 다
정한 철학자는 우리의 어깨에 손을 얹고 말한다. "당신이 우울

※　　1802년에 나폴레옹이 제정한 프랑스의 최고 명예 훈장. ─옮긴이

한 이유는 서커스에서 원하는 자리에 앉지 못했기 때문이오. 그 자리가 당신 것이라고 생각했기 때문이지. 이제 나가시오. 서커스는 더 이상 보이지 않을 테니. 대신 이 바위를 만져보시오. 여기에 앉을 수도 있소." 두려움과 감정도 이런 방식으로 다스릴 수 있다. 현실을 있는 그대로 봐야 한다.

에픽테토스는 또 배에 탄 승객에게 말했다. "당신은 이 폭풍을 보고 바닷물이 모두 입으로 들어올 것처럼 두려워하고 있소. 하지만 물 한 동이에도 빠져 죽을 수 있다는 걸 명심하시오." 그는 거친 파도가 실제 위험을 나타내는 것이 아님을 분명히 했다.

우리는 흔히 "바다가 성났다", "심연의 목소리가 들린다", "파도가 화났다", "바다가 포효한다"라고 말한다. 하지만 이는 사실이 아니다. 그것은 중력, 조수, 바람의 영향으로 균형을 잡으려는 바다의 움직임일 뿐이다. 결코 몹쓸 운명 같은 게 아니다. 소리와 움직임이 우리를 죽일 수는 없다. 숙명도 아니다. 침몰하는 배에서도 살아남을 수 있고, 잔잔한 물에서도 익사할 수 있다. 진짜 문제는 '머리를 물 밖으로 내놓을 수 있는가'이다.

이런 이야기를 들은 적이 있다. 숙련된 선원들이 배가 암초에 다가가자 구명보트에 누워 눈을 가렸다고 한다. 옛 격언이 그들을 죽인 셈이다. 해변에 떠밀려 온 그들의 시신은 그것이 정말 잘못된 생각이었음을 증명했다.

하지만 암초, 조류, 소용돌이와 그것들 사이의 분명한 힘의 작용만을 생각하는 사람은 모든 두려움에서 자유롭다. 그는 아마 모든 고통에서도 자유로울 것이다. 배를 조종할 때는 한순간에 특정한 하나의 위험만 볼 수 있다. 숙련된 검객은 자신과 상대의 행동을 분명히 보기에 두려워하지 않는다. 하지만 운명에 자신을 맡긴다면, 적의에 찬 시선이 검보다 빨리 그를 꿰뚫을 것이다. 이때는 그 공포가 찔린 고통보다 더 무섭다.

수술대에 누운 신장결석 환자는 배가 절개되고 피가 튀는 상상을 한다. 하지만 의사는 그렇게 상상하지 않는다. 의사는 단 하나의 세포도 해치지 않을 것임을 안다. 그는 단지 세포 군집 사이를 벌려 길을 낼 뿐이다. 약간의 피가 흐르겠지만, 그 양은 아마 베인 상처를 서툴게 치료할 때 나는 피만도 못할 것이다.

의사는 세포들의 진짜 적이 무엇인지 안다. 세포들은 그 적에 맞서기 위해 단단한 조직을 형성했다. 의사는 세포들의 적, 병원균이 그곳에서 돌이 되어 배출물이 지나갈 길을 막고 있음을 안다. 수술칼이 죽음이 아닌 생명을 가져올 것임을 안다. 또 그 적이 제거되면 모든 기관이 곧 회복되고, 깨끗하게 절개된 상처는 빠르게 아물 것임을 안다.

물론 환자가 이렇게 생각한다고, 즉 잘못된 생각을 지운다고 해서 신장결석이 낫지는 않는다. 하지만 적어도 두려움은 없앨 수 있다.

고통은 내게 속하지 않았으니

우리는 그간 스토아주의자들을 오해했던 것 같다. 그들이 마치 폭군에 저항하고 고문을 견디는 방법만을 가르쳐 준 것으로 말이다. 하지만 나는 스토아주의의 지혜가 일상의 사소한 일에도 적용되는 경우를 여러 번 보았다. 알려진 대로 스토아주의에서 사유는 고통스러운 감정을 분리하고 그것을 하나의 대상으로 간주하는 과정이다. 그 과정에서 고통의 감정에는 이런 선언이 내려진다. "너는 사물이다. 너는 내게 속하지 않았다."

작은 나무 의자에 앉은 왕과 같은 스토아주의자들의 지혜를 전혀 모르는 사람들은 자신의 내면으로 들어오는 폭풍우를 그대로 둔다. 그러면서 이러한 말을 쉽게 내뱉는다. "저 멀리 다가오는 폭풍우가 느껴진다. 나는 초조한 동시에 압도되었다.

그러니 하늘이여, 어서 천둥을 울리기나 해라!" 이것은 말 그대로 동물로, 생각이 너무 많은 동물로서 사는 방식이다. 동물도 폭풍우가 다가오면 완전히 기색이 바뀌기 때문이다.

우리도 반수면 상태에서는 자기가 기쁜지 슬픈지도 잘 모른다. 물론 그런 무감각 상태는 사람에게도 유익한 면이 있다. 극심한 고통 속에서도 안정을 취하게 해주기 때문이다. 다만 고통을 겪는 사람이 완전히 긴장을 푼다는 조건에서 말이다. 그 의미는 말 그대로다. 두 팔과 두 다리가 모두 잘 받쳐진 상태로 모든 근육이 이완되어야 한다.

팔다리가 휴식하도록 만드는 현명한 방법이 있다. 바로 일종의 내면으로부터의 마사지다. 이것은 분노, 불면, 근심의 원인인 경직과 반대되는 원리이다. 쉽사리 잠들지 못하는 이들에게 나는 기꺼이 "축 늘어진 고양이 자세를 하라"라고 말해준다. 그런데 에피쿠로스적 미덕의 진수인 이 늘어진 고양이가 될 수 없다면, 자리를 박차고 일어나 스토아주의의 미덕을 향해 우뚝 서야만 한다. 이 두 가지 미덕은 어느 쪽이든 좋지만 그 사이에 어중간하게 있는 것은 아무런 의미가 없다. 천둥 번개나 폭우에 흠뻑 젖을 수 없다면 그것을 거부하고 그로부터 분리되어야 한다. 그리고 "이것은 비와 천둥 번개이지 내가 아니다"라고 말해야 한다.

물론 억울한 비난이나 절망, 질투에 대해서 그렇게 하기란 확실히 더 어렵다. 이 기분 나쁜 것들은 우리에게 들러붙는다.

그래도 생각해내야 한다. 그리고 이렇게 말해야 한다. "이런 일을 겪은 뒤에 내 마음이 슬픈 것은 이상하지 않다. 비가 오고 바람이 부는 것처럼 자연스러운 일이다."

정념에 사로잡힌 사람은 이런 조언을 불편해한다. 그는 스스로에게 책임을 지우고 자기를 구속한다. 그렇게 함으로써 자기 고통을 껴안는다. 나는 그런 사람들이 바보처럼 울어대다가 자기가 바보라는 것을 알고 화가 나서 더 울어대는 어린아이와 비슷하다고 생각한다. 아이는 '어, 뭐야? 그냥 울보가 됐잖아' 하고 생각함으로써 스스로 편안해질 수도 있을 것이다. 그러나 아이는 아직 세상 사는 법을 모른다. 아이뿐만 아니라 세상 사는 법을 아는 이는 드물다.

나는 행복의 비밀이 자신의 불쾌감을 무심히 대하는 데 있다고 생각한다. 관심을 두지 않으면 불쾌감은 개가 개집으로 돌아가듯 짐승의 생으로 다시 돌아갈 것이다. 내 생각에는 이것이 현실적인 도덕에서 가장 중요한 내용이다. 즉 자기 잘못과 후회, 반성이 야기하는 모든 비참함으로부터 분리되어야 한다.

"이 분노는 사라질 때가 되면 알아서 사라지겠지"라고 말해야 한다. 그러면 울음을 그친 아이와 같이 분노가 곧 사라질 것이다. 머리가 비상했던 프랑스 작가 조르주 상드[23]는 이런 훌륭한 정신을 『콩쉬엘로』에서 잘 나타냈다. 이 책은 잘 알려지지 않았지만 훌륭한 작품이다.

유쾌한 기분 요법

어떤 사람들이 모여서 자신들의 목욕법, 샤워 방법, 식단에 대한 이야기를 나누었다. 그러고 나서 한 사람이 말했다. "나는 2주 전부터 유쾌한 기분을 유지하는 요법을 쓰는 중인데 효과가 꽤 좋아. 살다 보면 생각이 뾰족해지고 매사를 신랄하게 비판하게 되는 때가 있지. 그럴 땐 나에게서나 남에게서나 도통 훌륭하거나 좋은 점을 찾을 수 없단 말이지. 생각이 이런 쪽으로만 돈다는 것은 유쾌한 기분 요법을 써야 한다는 신호야. 이 요법은 모든 불운과 특히 대수롭지 않게 넘길 수 있는 작은 불행에 대해 좋은 기분을 실천하는 거야. 이 요법으로 단련이 되지 않았다면 분명 욕이 튀어나올 만한 상황들에 대해서 말이야. 그러자면 사소한 불쾌감쯤은 오히려 유용한 연습 기회가 되지. 언덕을 오르면 다리가 튼튼해지는 것처럼 말이야."

이번에는 다른 사람이 이렇게 말했다. "따분한 사람들은 서로 모여서 남을 비난하고 불평을 늘어놓지. 평소 같으면 그런 사람들은 피하는 게 상책이야. 하지만 이 유쾌한 기분 요법을 쓰자면 반대로 그런 사람들을 찾아 나서야 해. 그들은 실내 체조장에서 사용하는 용수철 달린 구름판과도 같아. 처음에는 가장 작게 줄어들었다가 나중에는 가장 크게 튀어오르지. 나는 내 친구와 지인들을 기분이 좋지 않은 순서대로 정리한 다음, 그런 방식으로 한 명씩 상대하면서 연습해. 평소보다 더 날이 서거나 사사건건 트집을 잡아 불평을 늘어놓는 친구가 있으면 나는 속으로 이렇게 생각하지. '오! 훌륭한 연습 상대로군. 힘내라, 내 정신력아. 해보자, 어디 불평을 더 해보아라.'"

또 다른 사람이 말했다. "유쾌한 기분 요법을 쓰기에는 사물도 좋은 연습 상대지. 그러니까, 좋지 않은 것이어야겠지. 눌어붙은 스튜나 오래된 빵, 따가운 햇볕, 먼지, 돈 계산, 바닥난 잔고 등의 일은 귀중한 연습 기회야. 복싱이나 펜싱에서처럼 우리는 이렇게 생각하지. '강한 일격이 들어왔다. 막느냐 아니면 제대로 맞느냐.' 보통 때라면 아이처럼 울 거야. 그리고 운다는 사실이 수치스러워서 더 크게 울 테고. 그러나 유쾌한 기분 요법을 쓴다면 상황은 완전히 다르게 전개돼. 대면한 그 일을 상쾌한 샤워처럼 받아들이게 되는 거지. 몸을 털고 어깨를 두어 번 으쓱거리고 나서 근육을 쫙 펴 유연하게 만들어봐. 그리고 기분 나쁜 그 일은 젖은 빨래처럼 하나씩 던져두는 거야. 이렇게 하면 샘물처럼 솟아난 생명의 물줄기가 흐르게 돼. 그러면 식욕도 돌 거야. 세탁이 다 되었으니 삶은 상쾌해졌어. 하지만 내 말은 이쯤에서 그만둬야겠어. 자네들은 지금 밝은 얼굴을 하고 있으니까 말이야. 나의 유쾌한 기분 요법은 지금 자네들에게는 별 소용이 없겠군."

◌ 행복을 희망함으로써 행복해질지니

　　새해가 되면 모든 소망과 기원들이 1월에 피는 꽃처럼 곳곳에서 성행한다. 그런데 이 소망이며 기원은 신호에 지나지 않는다. 물론 신호는 매우 중요하다. 인류는 수 세기에 걸쳐서 이 신호에 따라 살아왔다. 구름과 번개, 새 떼 등 온 우주가 성공적인 사냥이나 험난한 여정 따위를 예고한다고 믿었다. 그러나 우주는 그런 예고를 한 번에 하나씩만 전할 따름이다. 여기에서 인간이 저지른 오류는 표정에서 동의나 비난의 의견을 읽어내는 식으로 이 세계를 단순히 해석한 것이다.

　　우리는 이제 우주가 의견을 가졌는지, 갖고 있다면 그것이 무엇인지 궁금해하는 병에서는 거의 완치되었다. 하지만 주변 사람들이 의견을 가졌는지, 갖고 있다면 그것이 무엇인지 궁금해하는 병은 고치지 못할 것이다, 영원히. 왜냐하면 그 의견은 표시되는 순간 우리의 의견을 완전히 바꿔놓기 때문이다.

주목할 만한 점은, 사람들은 침묵의 의견을 대할 때보다 논리가 뒷받침되고 명백한 말로 표현된 의견을 대할 때 더 거세게 맞선다는 점이다. 말로 표현된 의견이란 충고의 형태를 띠는 의견인데, 그것은 대개 무시하는 편이 좋다. 반면 침묵의 의견은 무시할 수가 없다. 그것은 우리를 더 은밀하게 사로잡는다. 게다가 어쩌다 사로잡혔는지 모르므로, 어떻게 벗어나야 하는지도 모른다.

세상에는 만사를 비난하는 듯한 표정을 띠고 다니는 사람들이 있다. 그런 사람들은 되도록 피하는 게 좋다. 사람은 다른 사람을 흉내 내게 되어 있으므로 내 얼굴조차 나도 모르는 새에 저절로 비난하는 표정을 짓게 된다. 대체 무엇을 비난한단 말인가? 영문을 알 수 없다. 그러나 이 음울한 기색이 나의 모든 생각과 계획을 밝히고 있다. 그리고 이 생각과 계획 속에서 원인을 찾아 헤맨다. 그래도 원인을 찾다 보면 언제나 그것을 발견하게 되어 있다. 왜냐하면 세상은 복잡하고 어디에나 원인처럼 보이는 위험이 있기 때문이다. 길 하나를 건너더라도 어쨌든 결국 행동하고 위험을 감수해야 하므로 나는 자신 없이, 즉 기운 없이 마지못해 행동한다.

자기가 차에 치이리라 생각하는 사람은 그 생각에서 도움을 받기는커녕 오히려 몸이 경직될 것이다. 이보다 더 길고 복잡하고 불확실한 사건에서는, 적의를 띤 얼굴로부터 느끼는 이러한 예감의 효과가 훨씬 두드러진다. 어떤 종류의 눈초리에는 언제나 마술적인 효과가 있다.

다시 이 예의의 축제에 관한 이야기로 돌아오자. 이것은 아주 중요한 축제다. 우체부가 전해준 연하장에서 저마다 미래를 읽는 이 계절에, 어떻게 될 것인지 알 수 없는 앞으로의 몇 주, 몇 달을 우울한 기분으로 물들인다면 그야말로 안 될 일이다. 그러므로 이날은 누구나 행복의 예언자가 되고 우정의 기치를 들어 표해야 한다. 바람에 나부끼는 깃발은 사람을 즐겁게 할 수 있다. 그 사람은 깃발을 단 이의 기분이 어땠는지는 전혀 알 수 없는데도 즐겁다.

사람의 표정에 나타난 즐거움은 더군다나 모두에게 좋다. 게다가 전혀 모르는 사람의 표정이라면 더 좋다. 그 표정이 무슨 뜻인지 물어볼 수 없기 때문이다. 즐거운 표정 그대로를 받아들이는 것, 이것이 가장 좋다. 또한 즐거운 표정이 그 표정의 주인에게 먼저 즐거움을 선사한다는 것은 분명한 사실이다. 표정은 모방으로 전염되므로 즐거운 표정도 끝없이 다시 돌아온다. 어린이의 즐거움은 어린이만의 것이라고 말해서는 안 된다. 별 생각이나 기대 없이 어린이들의 표정에 주의를 기울여봐라. 보모가 된 듯이 말이다. 그러면 누구나 어린이의 표정을 이해하려고 그 표정을 따라 하는 놀이를 하게 된다. 어린이를 가르치는 것도 이런 놀이를 통해서 이루어진다.

이 축제일은 원하든, 원하지 않든 좋은 날이다. 만일 이날이 좋은 날이기를 원한다면, 그리고 이 예의라는 위대한 관념을 통찰해본다면 당신은 진정으로 축제를 즐기게 될 것이다. 왜냐하면 당신은 새해에 오가는 신호에 따라 생각을 다스리게 되고, 그러면 앞으로 몇 달 동안 어떤 적의를 띤 신호도, 누군가의 기쁨을 반감시킬 만한 추측의 말도 표하지 않으리라 굳게 마음먹을 테니 말이다.

그렇게 함으로써 우선 당신은 사소한 모든 불행에 대해 강해질 것이다. 불행은 알고 보면 아무것도 아니지만 서글프게 호소하면 중대사가 되고 만다. 행복을 희망함으로써 당신은 곧 행복해질 것이다. 이것이 내가 당신에게 기원하는 바이다.

○ 행복과 건강을 위한 플라톤의 처방

　　체조와 음악은 플라톤의 의학 관념에서 두 가지 큰 축을 담당한다. 체조란 근육의 절제된 운동을 의미하며, 저마다의 근육 모양에 따라 내부로부터 늘리고 마사지하는 데에 그 목적이 있다. 근육통은 마치 스펀지에 먼지가 낀 상태와 같다. 이를 해소하려면 스펀지를 빨듯 근육을 여러 번 수축하고 이완해야 한다. 근육을 부풀려 액체를 머금었다가 다시 짜내는 과정을 반복하는 것이다. 생리학자들은 심장을 흔히 속이 빈 근육이라고 한다. 그러나 근육은 조밀한 혈관망을 내포하고 있어, 근육의 수축과 팽창에 따라 혈관망도 축소와 확대를 반복한다. 그러므로 각각의 근육은 일종의 스펀지 심장이라고 할 수 있다. 그리고 이 스펀지 심장의 귀중한 동력인 운동은 의지로 조절할 수 있다. 따라서 체조로 자기 근육을 지배하지 못하는 사람, 즉 우리가 소심하다고 일컫는 사람들은 자신의 몸속에서 혈류가 고르지 못함을 느낀다. 그러다가 문제가 생긴 혈류가 우리 몸의 연한 부위에 이르면 이유 없이 얼굴이 상기되기도 하고, 뇌에 혈압이 가해져 잠시 착란에 빠지기도 한다. 또 어떨 때는 위장이 더부룩해지기도 하는데, 이것은 흔한 증상이다.

이에 대해선 근육을 규칙적으로 운동시키는 것이 가장 확실한 치료법이다. 만일 음악이 무용 선생의 모습으로 등장한다면, 싸구려 바이올린으로도 위장의 순환을 원활하게 돌려놓을 것이다. 잘 알려져 있듯이 춤은 소심한 성격을 고치기에 좋은 방법이다. 게다가 춤은 큰 자극이 가지 않을 정도로만 근육을 적당히 늘려주어 심장을 편안하게 한다.

머리 붕대를 감고 두통을 앓던 어떤 이가 최근에 내게 말하기를, 식사할 때 음식을 씹는 행위가 이내 통증을 가시게 하더란다. 나는 그에게 말했다. "미국인이 하듯이 껌을 계속 씹어봐." 그가 그렇게 해봤는지는 모르겠다. 고통이 일면 우리는 곧장 추상적인 관념에 빠진다. 고통이 느껴지는 부위에 악이라는 환상의 존재가 내 살 속으로 들어왔다고 상상한다. 그래서 주술 따위로 그것을 쫓아내고 싶어진다. 이럴 때는 일정한 근육 운동이 우리를 물어뜯고 있는 이 괴물, 즉 통증을 쫓아내리라는 생각을 좀처럼 믿지 못한다. 물론 상식적으로 우리를 물어뜯는 괴물이라는 것은 없으며 그와 비슷한 것도 존재하지 않는다. 이런 상상은 해로운 은유일 뿐이다.

한 발로 오랫동안 한번 서 있어 보라. 이와 같은 간단한 동작만으로도 심한 통증이 발생한다는 것 그리고 통증을 사라지게 하는 데도 역시 복잡한 동작이 필요치 않다는 것을 경험하게 될 것이다. 해결책이 필요한 거의 모든 경우에 있어 떠올려야 할 것은 춤동작과 같은 것이다. 늘어지게 기지개를 켜고 마음껏 하품하는 행복은 누구나 잘 안다. 그런데 이 자유로운 동작을 체조를 통해 시작해보려는 생각은 누구도 하지 못한다. 불면증이 있는 사람은 기분 좋게 긴장을 풀고 잠이 오는 시늉을 해야 한다. 그런데 정작 사람들이 흉내 내는 것은 조급함과 불안, 분노다. 그 근원에는 교만이 있다. 그리고 교만은 늘 혹독한 벌을 받는 법이다.

이런 이유에서 나는 두통의 사례를 빌려 건강법의 누이이자 체조와 음악의 딸인 진정한 겸손에 관하여 적고 있는 것이다.

○ 행복은 미덕이다

세상에는 겨울 외투처럼 일시적으로만 몸에 걸칠 수 있는 종류의 행복도 있다. 유산이나 복권 당첨금이 그렇고, 명성 역시 우연에 달려 있으므로 그렇다. 그러나 자기 능력으로 얻는 행복은 우리와 한 몸을 이루어 체화된다. 이런 행복은 양털이 보랏빛으로 물드는 이상으로 우리를 물들인다.

어느 날 난파선에서 목숨만 부지한 고대의 한 현자가 알몸으로 구조되며 이렇게 말했다. "내 전 재산은 내 몸에 지니고 있다." 이와 마찬가지로 바그너는 자신의 음악을 몸에 지니고 있었으며, 미켈란젤로는 모든 거룩한 인물상들을 몸에 지니고 있어 언제든 그 자취를 좇아 그릴 수 있었다. 복싱 선수는 주먹과 다리에 그동안 훈련으로 얻어낸 모든 결실을 지니고 있다.

그건 왕관이나 돈을 소유하는 방식과는 다르다. 어쨌든 돈을 지니는 방법에는 여러 가지가 있고, 소위 돈벌이 수완이 좋은 사람은 어쩌다 빈털터리가 됐을 때라도 자신을 가졌기에 여전히 부유한 셈이다.

과거의 현자들은 행복을 추구했다. 이웃의 행복이 아니라 자기 고유의 행복을 추구했다. 그런데 오늘날의 현자들은 자신만의 행복을 추구하는 일은 고결하지 못하다고 입을 모아 말한다. 그중에는 미덕이 행복을 배척한다고 주장하려는 이들도 있지만, 이는 단순한 의견이다. 또 다른 이들은 공동의 행복이 개인 행복의 진정한 원천이라고 주장하기도 하는데, 그건 세상에서 가장 공허한 의견이다. 주변 사람들에게 행복을 붓는 일보다 더 허망한 일은 없기 때문이다.

내가 보기에 자신을 따분하게 여기는 사람을 즐겁게 하기란 불가능하다. 반대로, 탐욕이 없는 사람이라야 우리는 뭔가를 줄 수 있다. 스스로 음악가가 된 사람에게 음악이 주어진 것처럼 말이다. 요컨대 모래 속에 씨를 뿌려봤자 아무 소용도 없다. 나는 이것을 숙고한 끝에, 아무런 준비가 안 된 사람은 받을 수도 없다는, 저 유명한 씨 뿌리는 사람의 비유*를 잘 이해했다고 생각한다. 그러므로 스스로 능력을 갖추고 행복한 사람은 타

＊　　『마태복음』제13장. ─옮긴이

인에 의해서 더욱 능력을 드높이고 행복해질 것이다. 그렇다. 행복한 사람은 솜씨 좋게 행복을 거래하고 교환할 것이다. 다만 자기 안에 행복을 지니고 있어야 남에게도 줄 수 있다. 행복해지기로 결심한 사람이라면 부디 이런 관점을 가져야 한다. 그런다면 헛된 사랑의 방식을 단념할 수 있을 것이다.

따라서 나는 개인의 고유한 행복이 결코 미덕에 위배되지 않는다고 생각한다. 오히려, '힘'을 뜻하는 이 아름다운 말이 나타내듯이, 그러한 행복 자체가 미덕이다. 완전한 의미에서 가장 행복한 사람이란 분명, 옷을 벗어 던지듯이 내 것이 아닌 다른 행복을 아무렇지 않게 던져버리는 사람이기 때문이다. 그렇지만 그는 자신의 진정한 재산은 던지지 않으며, 그럴 수도 없다. 돌격하는 보병이나 추락하는 조종사도 마찬가지다. 그들의 내적 행복은 그들에게 목숨보다 단단히 붙어 있다. 그들은 마치 무기처럼 행복을 가지고 싸운다. 쓰러져가는 영웅에게도 행복이 있다는 말 또한 여기에서 유래했다. 그러나 본래 스피노자의 말인 이 표현을 여기에서는 원전대로 고쳐 말해야겠다. 그들이 행복했던 까닭은 조국을 위해 죽었기 때문이 아니라 반대로 행복했기 때문에 조국을 위해 목숨을 걸 수 있었다고 말이다. 11월의 만성절* 화환은 이렇게 엮이기를.

※　　모든 성인과 순교자를 기리는 가톨릭 축일로 11월 1일. ―옮긴이

기쁨과 행복이 가장 유능한 의사이다

마음의 평정을 유지한다고 해서 별다른 보상이 주어지지는 않지만, 건강에 좋은 것만은 분명하다. 행복한 사람은 남의 눈에 띄지 않는다. 사람들은 그의 사후 40년 뒤에나 그의 영광스러운 업적을 찾아 나설 것이다. 질병은 질투보다 내밀하고 훨씬 위험한데, 행복은 질병에 대항하는 가장 적절한 무기이다.

슬픔에 잠겨 있는 사람이라면 이 말에 대해 행복은 원인이 아니라 결과라고 주장할 테지만, 그건 너무 단순한 생각이다. 사람은 힘이 있으면 운동을 즐기기 마련이다. 그러나 반대로 일부러 운동을 해서 힘이 생기기도 하는 법이다. 요컨대 분명히 위장 상태에 따라 기분이 달라진다. 때로는 활력이 넘치고 몸이 가벼운 느낌이 들기도 하고, 때로는 숨이 막히거나 몸에 독이 든 것 같은 느낌이 들기도 한다. 물론 손가락을 펴는 것처럼 위장을 쭉 뻗거나 주무를 수는 없다. 다만 즐거운 기분이 위장 상태가 좋다는 표시인 것처럼, 즐거움을 지향하는 모든 생각은 건강을 지향하는 것이라고 해도 틀리지 않을 것이다.

그렇다면 병에 걸렸을 때는 일부러 즐거워해야 할까? 아마 이게 무슨 바보 같은 소리냐며 불가능하다고 말할 것이다. 기다려보라. 다들 포탄의 공포는 제쳐두고 군대식 생활이 건강에 좋다는 이야기를 한다. 나 역시 아침 이슬 속을 세 바퀴쯤 돌다가 작은 소리라도 나면 굴속으로 달아나는 산토끼 같은 생활을 3년이나 했으니 이 말의 의미를 잘 안다. 오직 피로와 수면 욕구만을 느꼈던 3년이었다. 그 전의 나는 가만히 앉아 생각만 하는 현대인들이 흔히 겪는 위장 장애가 있었다. 그건 스무 살 무렵부터 나를 괴롭히던 고질병이었다. 그러던 내 위장이 나아진 것을 보고 사람들은 시골 공기와 활동적인 생활 덕분이라고들 했다. 그러나 나는 다른 데서 이유를 발견했다.

언젠가 나에게 "우리는 이제 거칠 것이 없다. 우리에겐 정신 통일뿐이다"라고 말했던 어느 보병사단의 하사가 어느 날 행복한 표정으로 내 막사를 찾아왔다. "이번에 병에 걸렸어. 열이 있다고 군의관이 알려주더군. 내일 다시 진찰하기로 했어. 아마도 장티푸스 같아. 서 있기도 힘들어. 눈앞이 빙빙 도는군. 드디어 병원행이야. 2년 반 동안 진창에서 구르다가 이제 기회가 온 거야." 그러나 나는 그 기쁨이 병을 치유하는 모습을 목격했다. 다음 날 깨끗이 열이 내린 그는 폐허가 된 프랑스 북동부의 작은 마을 플리레를 가로질러 더 상황이 나쁜 진지에 배치되었다.

아픈 게 잘못은 아니다. 규율 위반도 아니고 불명예도 아니다. 혹시 몸에 이상이 있지는 않은지 희망을 품고 살피지 않는 병사가 어디 있겠는가? 그것이 심각한 증상이라 할지라도 말이다. 끔찍한 나날을 보내다 보면 차라리 병에 걸려 죽으면 편해지겠다는 생각이 들게 마련이다. 이런 생각은 모든 병에 대해 강력한 효과를 발휘한다. 기쁨은 유능한 의사보다 더 능숙하게 신체를 내부부터 바로잡는다.

이제부터는 병이 악화된다 해도 그것이 병에 대한 두려움 때문은 아니다. 신의 은총인 죽음을 기다리며 살았다는 은자들이 실제로는 백수를 누렸다 해도 나는 놀라지 않을 것이다. 노인이 마침내 무언가에 관심 가지기를 그만두고 죽음의 두려움을 더는 느끼지 않을 때, 그는 비로소 우리가 탄복해 마지않는 백 세 인생을 살 수 있다. 이 점은 이해해둘 만한 가치가 있다. 두려움 때문에 자세가 뻣뻣해지면 기사도 말에서 떨어질 수 있다. 무사안일의 태도는 위대하고 강력한 전략이다.

일상에서 행복해지는 법

아이들에게는 반드시 행복해지는 방법을 잘 가르쳐야 한다. 불행이 머리 위에 떨어졌을 때 행복해지는 법을 말하려는 것이 아니다. 그런 것은 스토아주의자에게 맡겨두면 된다. 그보다는 모든 일이 순조로울 때, 조금 심심하고 약간 빠듯한 것 말고는 인생의 사소한 걱정거리랄 게 없을 때 행복해지는 법을 말하려는 것이다.

첫 번째 법칙은, 지금 일이건 지난 일이건 결코 다른 사람에게 자신의 불행을 얘기하지 않는 것이다. 자기의 두통이나 구토, 속 쓰림, 복통을 설명하다가는 아무리 점잖게 말한다 해도 남에게는 실례로 여겨질 것이다. 부당한 처사나 실망한 일에 대해서도 마찬가지다. 아이와 젊은이 그리고 성인에게도 그들이 까마득히

잊고 있는 듯한 다음 사실을 반드시 설명해줘야 한다. 자기 넋두리는 설사 상대방이 그런 속내 이야기를 듣고 위로하는 일을 좋아하는 것처럼 보일지라도, 남을 우울하게 만들고 결국 불쾌하게 만든다는 사실을 말이다. 슬픔은 독과 같아서 슬픔을 좋아할 수는 있겠지만 그렇다고 해서 기분이 좋아지는 것은 아니다. 결국 무엇이 정당한지는 바탕에 깔린 감정이 보여준다. 누구나 죽기가 아니라 살기를 추구한다. 그리고 누구나 살아 있는 사람들을 찾고자 한다. 스스로 만족하고, 자기가 만족하고 있음을 보이는 사람들을 말이다. 저마다 잿더미 위에서 우는소리를 하기보다 자기 땔감을 넣어 불을 지핀다면 인간 사회는 얼마나 멋지겠는가!

이것이 바로 예의 바른 사교계의 규칙이었다는 사실에 주목하자. 물론 그 사회에서는 자유로이 말하는 일이 없었으므로 사람들이 권태감에 빠져 있었음은 사실이다. 우리 일반 대중은 모였을 때 할 말을 할 줄 안다. 이것은 대단히 좋은 일이다. 하지만 그렇다고 해서 저마다 근심 걱정을 가져와서 산더미처럼 쌓아도 좋다는 얘기는 아니다. 만일 그렇게 된다면 사람들은 한층 더 음울한 권태감에 빠질 것이다. 그러므로 우리는 가족 이외의 다양한 사회를 경험할 필요가 있다. 가족끼리는 지나치게 허물없이 지내는 탓에, 사소한 일에도 불평을 늘어놓게 되기 때문이다. 상대의 기분을 해치지 않으려는 마음이 조금이라도 있다면 그런 불평은 할 생각도 못 할 것이다.

권력을 둘러싸고 책략을 꾸미는 일이 즐거운 이유는 입에 담기에도 따분한 자질구레한 걱정거리를 자연스레 잊게 해주기 때문일 것이다. 책략가는 사서 고생을 한다고들 하지만 이 고생은 음악가나 화가의 고생과 마찬가지로 이윽고 즐거움으로 바뀐다. 더욱이 책략가는 사소한 걱정거리를 입에 올릴 틈도, 시간도 없으므로 누구보다도 먼저 그 걱정거리로부터 해방된다. 여기서 다음과 같은 법칙을 도출할 수 있다. 만일 사소한 근심 걱정을 입에 담지 않으면, 오래지 않아 그것을 생각하지 않게 될 것이다.

행복해지는 또 다른 방법으로, 나쁜 날씨를 활용하는 법에 관한 유익한 조언을 남기고자 한다. 이 글을 쓰고 있는 지금 비가 내리고 있다. 빗방울에 지붕의 기와가 울린다. 수많은 작은 도랑이 소곤댄다. 더러움이 걸러지듯 대기가 씻기고 있다. 하늘을 덮은 구름은 근사하게 헤진 천 자락 같다. 이렇게 아름다움을 포착하는 법을 배워야 한다.

하지만 어떤 사람은 비가 수확할 작물을 망친다고 하고 또 어떤 사람은 진창 때문에 모든 것이 더러워졌다고 한다. 그리고 또 다른 어떤 사람은 비가 안 와야 풀밭에 앉을 수 있어 좋을 텐데, 하고 말한다. 물론 그렇다. 그렇다는 것은 누구나 다 안다. 그들의 불평으로 바뀐 건 아무것도 없고, 괜히 나만 불평의 비를 맞은 채로 집 안까지 들어왔다. 요즘은 특히 비가 자주 내리는 시기다. 이런 날씨에는 기쁜 얼굴이 보고 싶은 법이다. 그러니 날씨가 궂을 때는 활짝 갠 표정을 하자.

◌ 　　행복은 의무이다

　　　　불행이나 불만을 느끼는 일은 어렵지 않다. 왕자님
처럼 앉아서 누가 나를 즐겁게 해주기를 기다리고 있으면 된
다. 마치 행복을 진상된 공물처럼 살펴보고 가늠하는 그 눈초
리로는 무엇을 보아도 권태의 색깔이 덧입혀진다. 그것도 위
엄을 가지고 말이다. 어떤 봉헌물을 받아도 경멸할 수 있는 권
력을 가졌기 때문이다. 하지만 내가 보기에 여기에는 어린이
들이 소꿉장난으로 정원을 만들 듯이 사소한 것으로 행복을
만들어내는 훌륭한 직공들에 대한 초조와 분노가 있다. 나는
물러난다. 스스로 권태에 빠져 있는 사람의 기분을 바꾸기란
불가능하다는 것을 경험으로 잘 알기 때문이다.
　　이와 반대로 행복은 보기에 아름답다. 행복은 가장 아름다운

광경이다. 어린아이보다 더 아름다운 존재가 어디 있을까? 게다가 아이는 온통 놀이에 집중한다. 그리고 남이 놀아주기를 기다리지 않는다. 물론 토라진 아이는 모든 기쁨을 다 거부하는 또 다른 얼굴을 보이기도 한다. 다행히 아이는 금세 잊는다. 하지만 토라진 얼굴을 결코 거두지 않는 다 큰 아이도 있다는 것을 누구나 알 것이다. 그 이유라는 것이 어찌나 타당한지, 말하지 않아도 알 만하다.

행복하기란 언제나 어려운 일이다. 그것은 무수히 많은 사건이나 사람들과 맞서는 전투다. 전투에서 지는 일도 있을 것이다. 세상에는 극복하기 불가능한 일과 이제 갓 공부를 시작한 스토아주의자가 감당할 수 없는 불행도 분명히 존재하기 때문이다. 그러나 우리의 가장 명백한 의무는 온 힘을 다해 싸워보기 전에는 졌다고 생각하지 않는 것이다. 특히, 행복하기를 원하지 않으면서 행복해지기란 불가능하다. 따라서 사람은 자기 행복을 바라야 하고 그것을 스스로 만들어내야 한다.

스스로 행복해지는 일은 타인을 위한 의무이기도 하다. 사람들은 이 사실을 잘 생각하지 않는다. 행복한 사람만이 사랑받는다는 멋진 말을 하면서도, 사랑이라는 보상이 정당하며 당연하다는 점은 잊고 있는 듯하다. 왜냐하면 우리가 마시는 공기에는 불행과 권태, 절망이 섞여 있기 때문이다. 그래서 우리는 이 오염된 공기로도 호흡을 가다듬고, 자신의 긍정적인 활력으로 공동체를 정화하는 사람들에게 감사를 표하고 승리의 월계관을 씌워주어야 한다. 그러므로 사랑 속에는 행복에 대한 맹세 이상으로 심오한 것은 아무것도 없다. 사랑하는 이들의 권태나 슬픔 또는 불행을 극복하는 일보다 더 어려운 일이 어디 있겠는가? 남녀 할 것 없이 우리 모두는 끊임없이 생각해야 한다. 행복은 가장 아름다우며 가장 관대한 봉헌물이라고 말이다. 물론 여기서 행복은 자신을 위해 스스로 쟁취한 행복을 말한다.

○ 　행복은 내 안에 있는 것

　　　　행복은 찾기 시작하는 순간 발견할 수 없게 된다. 조금도 이상한 일이 아니다. 행복은 진열장 안에 전시되어 고르고 값을 치르고 집에 가져갈 수 있는 물건이 아니다. 진열장 안의 물건이 파란색이나 빨간색이었다면, 잘못 보지 않은 한 집에 가져와서도 그 물건은 파란색이나 빨간색이다. 그런데 행복은 나에게 붙들려 있을 때만 행복이다. 행복을 나 이외의 세상 속에서 찾으려 한다면 어떤 것도 행복처럼 보이지 않을 것이다. 요컨대 행복에 대해서 이치를 따지고 예측을 하기가 불가능하다. 행복은 지금 지니고 있어야 한다.

　시인들이 사물을 제대로 설명하지 못하는 때가 있는데, 나는 그 이유를 잘 안다. 음절이며 각운을 맞추기 위해 애쓰느라 결국 내용이 진부해져버리는 것이다. 시인들은 행복이란 저 멀리 미래에 있으므로 반짝반짝 빛난다고, 그것을 손에 쥐면 더는 좋은 것이 아니게 된다고 말한다. 마치 무지개를 잡거나 오므린 손바닥에 샘물을 담으려는 것과 같다고 말이다. 그러나 이는 어불성설이다. 말만으로는 가능하겠지만 행복이란 원래 좇을 수가 없다. 특히 자기 주변에서 행복을 찾는 사람이 슬퍼지는 이유는, 아무리 둘러봐도 갈망할 만한 행복이 보이지 않기 때문이다.

나는 카드놀이를 하지 않으므로 그것은 내게 아무런 의미가 없다. 복싱과 펜싱도 마찬가지다. 음악도 마찬가지로, 우선 그것의 어떤 어려움을 극복한 사람에게만 즐겁다. 독서도 그렇다. 발자크에게 입문하려면 용기가 필요하다. 처음에는 지루할 수밖에 없기 때문이다. 게으른 사람이 책을 읽는 모습을 보면 참 재미있다. 책장을 열고 몇 줄 읽다가 던져버린다. 독서의 행복은 평소에 책을 가까이하던 사람이라도 놀랄 만큼 예측하기 어렵다. 학문은 멀리서 보아서는 재미가 없다. 그 안으로 들어가야만 한다. 그리고 언제나 처음에는 강제성과 어려움이 필요하다. 규칙적인 노력과 해내고 또 해내는 거듭된 승리야말로 행복의 공식이다. 또 이것이 카드놀이나 음악, 전쟁과 같이 공동의 활동으로 달성될 때 행복은 생생하게 다가온다.

그런데 이와 똑같은 행동, 노력, 승리의 표지를 지니지만, 고독한 행복도 있다. 구두쇠의 행복이나 수집가의 행복이 그것인데, 이 둘은 더군다나 매우 비슷하다. 칠보나 상아, 그림, 희귀한 서책을 장식장에 진열하는 사람에게는 감탄하면서, 금화에 집착하는 구두쇠의 인색함은 악덕이라고 여기는 이유는 대체 무엇인가? 금화를 다른 효용 있는 것과 바꿀 줄 모르는 구두쇠는 비웃음을 사지만, 세상에는 더러워질까 봐 읽지도 않을 책을 모으는 수집가도 있다. 물론 이런 행복도 다른 모든 행복과 마찬가지로 멀리서는 맛볼 수 없다.

우표를 좋아하는 사람은 우표 수집가이지, 나는 우표 수집의 기쁨을 전혀 모른다. 마찬가지로 복싱을 좋아하는 사람은 복싱 선수이고 사냥을 좋아하는 사람은 사냥꾼이며 정치를 좋아하는 사람은 정치인이다. 자유롭게 행동할 때 우리는 행복하다. 스스로 정한 규율을 따를 때 우리는 행복하다. 축구에서든 학문 탐구에서든 일언 폐하고 규율을 받아들이는 것이 행복이다. 이러한 의무는 멀리서 구경하면 재미있기는커녕 싫은 마음도 든다. 행복은 밖에서 행복을 찾지 않는 사람에게 찾아오는 보상이다.

1 『마르스 또는 심판받은 전쟁Mars ou la guerre jugée』은 알랭이 제1차 세계대전 참전 경험을 바탕으로 쓴 반전反戰 에세이로, 전쟁의 비인간성과 부조리함을 날카롭게 비판한 작품이다. 『미술 이론Système des Beaux-Arts』은 예술의 본질과 기능에 대한 철학적 사유를 담은 저작이며, 『신들Les Dieux』은 종교와 신화에 대한 철학적 해석을 담은 책이다. 『사상과 시대Les Idées et les âges』에서는 인간의 사고방식과 시대정신의 관계를 분석하여 역사와 철학을 아우르는 폭넓은 시각을 제시했으며, 『바닷가의 대담Entretiens au bord de la mer』은 존재의 본질과 인간 조건에 대한 깊이 있는 철학적 성찰을 담은 대화체 저작이다.

2 파스칼Blaise Pascal(1623년~1662년), 프랑스의 수학자, 과학자, 철학자이자 신학자. 현대 확률론의 기초를 마련하는 데 기여했으며, 최초의 기계식 계산기인 '파스칼린'을 발명했다. 그의 저서 『팡세』는 인간 존재와 신앙에 대한 깊은 성찰을 담고 있으며, 이 책에서 파스칼은 '인간은 생각하는 갈대'라는 유명한 명제를 통해 인간의 연약함과 위대함을 동시에 강조했다.

3 스피노자Benedictus de Spinoza(1632년~1677년), 17세기 합리주의의 주요 사상가이자 계몽주의의 선구자. 사후에 출판된 대표작 『에티카』가 철학계에 큰 영향을 미쳤다. 신과 자연을 동일시하는 범신론적 세계관을 주장했으며, 민주주의적 정치 사상을 펼쳤다. 그의 사상은 당대에는 논란의 대상이었으나, 후대에 이르러 그는 근대 철학의 핵심적 인물로 평가받고 있다.

4   데카르트René Descartes(1596-1650), 프랑스의 철학자이자 과학자, 수학자로 근대 철학과 과학의 창시자로 인정받는다. '나는 생각한다, 고로 존재한다Cogito, ergo sum'라는 유명한 명제를 통해 근대 철학의 기초를 세웠다. 『방법서설』, 『성찰』, 『철학의 원리』 등을 썼다.

5   탈레스Thales(기원전 624-546년경)는 고대 그리스의 철학자이자 수학자, 천문학자로 서양 철학의 시조로 여겨진다. '만물의 근원은 물이다'라는 유명한 주장을 통해 자연 현상을 신화가 아닌 합리적 사고로 설명하려 한 최초의 인물로 평가받는다. 수학에서는 '탈레스의 정리'로 알려진 원에 내접하는 삼각형에 관한 정리를 발견했고, 천문학에서는 기원전 585년의 일식을 정확히 예측한 것으로 유명하다.
      비아스Bias(기원전 6세기경 활동)는 고대 그리스의 철학자이자 정치가로 그리스 7현인 중 한 명으로 꼽는다. '대다수는 악하다'라는 유명한 격언으로 알려져 있으며, 그의 지혜로운 조언과 재치 있는 발언은 후대에 큰 영향을 미쳤다. '가장 불행한 인간은 불운을 이겨내는 법을 배우지 못한 사람이다'와 같은 경구는 오늘날까지도 자주 인용된다.
      데모크리토스Democritus(기원전 460-370년경)는 고대 그리스의 철학자이자 과학자로 원자론의 창시자로 알려져 있다. '만물은 원자와 빈 공간으로 이루어져 있다'라는 유명한 주장을 통해 물질세계를 합리적으로 설명하려 한 최초의 인물 중 하나로 평가받는다.

6   알렉산더 대왕Aléxandros(기원전 356년~기원전 323년), 32년이라는 짧은 생애 동안 거대한 제국을 건설했으며 역사에 남을 위대한 군사 지도자 중 한 명이다. 부케팔로스는 알렉산더와 함께 수많은 전투에 참여했으며, 기원전 326년 히다스페스 전투 후 약 서른 살의 나이로 생을 마쳤다. 알렉산더는 부케팔로스를 기리기 위해 그의 이름을 딴 도시 알렉산드리아 부케팔로스를 건설했다.

7   에픽테토스Epictetus(기원후 55년경-135년경), 고대 그리스의 스토아 학파 철학자로 노예 출신임에도 윤리학과 실천철학 분야에서 큰 영향을 미쳤다. '우리가 통제할 수 있는 것과 없는 것을 구별하라'는 유명한 가르침으로

알려져 있으며, 이는 그의 대표작 『엥케이리디온Enchiridion』에 잘 나타나 있다.

8   볼테르Voltaire(1694년~1778년), 본명은 프랑수아 마리 아루에François-Marie Arouet로 프랑스의 계몽주의 작가이자 철학자, 역사가이다. '나는 당신의 의견에 동의하지 않지만, 당신이 그것을 말할 권리는 목숨을 걸고 옹호하겠다'라는 유명한 문구로 표현되는 관용과 표현의 자유에 대한 옹호로 잘 알려져 있다. 18세기 유럽 지성계에 지대한 영향을 미쳤다.

9   플라톤Plato(기원전 428/427년~기원전 348/347년), 고대 그리스의 철학자이자 수학자, 아카데메이아의 설립자이다. '동굴의 비유'로 잘 알려진 이데아론을 통해 현실 세계와 이상 세계의 관계를 설명했으며, '철인 정치'라는 개념을 제시하여 정치 철학에 큰 영향을 미쳤다. 대표작 『국가』를 통해 정의로운 사회의 모델을 제시했으며, 서양 철학사에서 매우 영향력 있는 사상가 중 한 명이다.

10   몽테스키외Charles-Louis de Secondat, Montesquieu(1689년~1755년), 프랑스의 정치철학자이자 계몽주의 사상가이다. '권력분립론'과 '법의 정신'이라는 개념을 발전시킨 인물로, 근대 민주주의 정치제도의 이론적 기초를 마련한 것으로 알려져 있다. 몽테스키외의 '삼권분립론'은 입법, 행정, 사법 권력이 서로 견제와 균형을 이루어야 한다는 이론으로 유명하다. 18세기 유럽의 절대왕정 체제를 비판하고 자유와 평등을 추구하기 위해 "법치주의와 권력분립을 통해 정치적 자유를 보장하자"고 주장했으며, 대표작 『법의 정신』을 통해 근대 정치철학의 기초를 확립했다.

11   오귀스트 콩트Auguste Comte(1798년~1857년), 프랑스의 철학자이자 사회학자이다. '실증주의 철학'과 '사회학'이라는 용어를 창안한 인물로, 실증주의적이고 경험주의적인 사회학의 창시자로 알려져 있다. 인류 지식이 신학적, 형이상학적, 실증적 단계를 거쳐 발전한다는 '3단계 발전설'을 공식화했다. 19세기 유럽의 사회적·사상적 혼란을 극복하기 위해 "실증주의의 정신 위에 사회학을 정립하자"고 주장했으며, 대표작 『실증철학강의Cours de

philosophie positive』를 통해 사회학의 기초를 확립했다.

12 라 로슈푸코François de La Rochefoucauld(1613년~1680년), 프랑스의 작가이
자 모럴리스트이다. '우리는 모두 타인의 불행을 견딜 만큼 충분히 강하다'
라는 유명한 경구로 잘 알려져 있으며, 인간 본성에 대한 냉소적이고 예리
한 통찰로 유명하다. 그의 대표작『잠언과 성찰』은 인간 행동의 이기적 동
기를 간결하고 날카롭게 포착한 경구들로 구성되어 있으며, 프랑스 고전주
의 문학의 대표작으로 평가받는다. 17세기 프랑스 귀족 사회의 경험을 바탕
으로 인간 심리의 이면에 숨겨진 자기애를 예리하게 분석했다.

13 르네 퐁크René Fonck(1894년~ 1953년), 프랑스의 전투기 조종사이자 제
1차 세계대전의 전투기 에이스였다. 제1차 세계대전 동안 75회의 공식 승
리를 기록하여 연합국 측에서 가장 많은 승리를 거둔 전투기 조종사가 되
었다. 그의 회고록『나의 전투들Mes Combats』은 1920년에 출판되었으며, 전
쟁 후에는 1919년부터 1924년까지 프랑스 하원의원으로 활동했다.

14 모리스 바레스Maurice Barrès(1862년~1923년), 프랑스의 작가이자 정치인
으로, 개인주의와 열렬한 민족주의로 당대에 큰 영향력을 끼쳤다. 샤를 모
라스Charles Maurras와 함께 프랑스 민족주의당의 교리를 발전시켰으며, 제
1차 세계대전 중에는 프랑스 선전에 기여했다. 19세기 말에서 20세기 초
프랑스의 정치적·문학적 풍경에 중요한 영향을 미친 인물로 평가받는다.

15 장 자크 루소Jean-Jacques Rousseau(1712년~1778년), 프랑스의 철학자이자 작
가로, 계몽주의 시대의 대표적 사상가이다. '사회계약론'과 '자연 상태로의
회귀' 개념으로 유명하며, 프랑스 혁명의 사상적 기반을 제공했다. 그의 주
요 저작인『사회계약론』과『에밀』은 근대 정치철학과 교육학에 지대한 영
향을 미쳤다. 루소의 사상은 18세기와 19세기의 정치, 교육, 문학 등 다양한
분야에 걸쳐 깊은 영향을 끼쳤으며, 현대 민주주의와 인권 사상의 발전에
중요한 기초를 제공했다.

16 라 브뤼예르Jean de La Bruyère(1645년~1696년), 프랑스의 작가이자 모럴리

스트로, 예리한 풍자로 유명하다. 그의 유일한 저서인『성격론Les Caractères』
은 17세기 프랑스 사회의 풍속과 인간 성격을 날카롭게 관찰하고 비판한 작
품이다. 보쉬에Jacques-Bénigne Bossuet의 후원으로 콩데 공의 손자 교육을 맡
았으며, 이를 통해 귀족 사회를 가까이에서 관찰할 수 있었다. 그의 작품은
프랑스 고전주의 문학의 중요한 부분을 차지하며, 인간 본성과 사회에 대
한 깊은 통찰을 제공한다.

17   헤겔Georg Wilhelm Friedrich Hegel(1770년~1831년), 독일의 철학자로, 독일
      관념론의 대표적 인물이다. '정반합正反合'의 변증법적 사고방식과 '절대정
      신'의 개념으로 유명하며, 마르크스Karl Marx에게 큰 영향을 주었다. 그의
      주요 저작인『정신현상학』과『법철학』은 서양 철학사에 지대한 영향을 미
      쳤다. 헤겔의 사상은 19세기와 20세기의 철학, 정치학, 미학 등 다양한 분
      야에 걸쳐 깊은 영향을 끼쳤으며, 현대 철학의 발전에 중요한 기초를 제공
      했다.

18   로맹 롤랑Romain Rolland(1866년~1944년), 프랑스의 작가이자 사상가
      로, 인도주의와 평화주의를 주창한 인물이다. 베토벤의 전기『베토벤의 생
      애』와 대하소설『장 크리스토프』로 유명하며, 후자로 1915년 노벨 문학상
      을 수상했다. 제1차 세계대전 중 반전 운동에 앞장섰으며, 마하트마 간디
      Mahatma Gandhi와 교류하며 비폭력 저항 운동을 지지했다. 그의 작품과 사
      상은 20세기 초 유럽 지성계에 큰 영향을 미쳤으며, 특히 예술의 사회적 역
      할과 인류애에 대한 그의 견해는 많은 이들에게 영감을 주었다.

19   오노레 드 발자크Honoré de Balzac의『젊은 두 아내의 수기Mémoires de deux
      jeunes mariées』는 1841년에 발표된 서간체 소설이다. 이 작품은 열정적인 사
      랑을 추구하는 루이즈 드 쇼리외와 이성적인 결혼과 모성을 선택하는 르네
      드 모콩브, 두 젊은 여성의 대조적인 삶을 그리고 있다. 사랑, 결혼, 모성에
      대한 발자크의 철학이 담긴 이 소설은 19세기 프랑스 사회에서 여성의 삶
      과 선택에 대한 깊이 있는 통찰을 제공한 작품으로 평가받는다.

20   장 조레스Jean Jaurès(1859년~1914년), 프랑스의 사회주의 정치인이자 역사

가로, 프랑스 사회당의 창립자이다. 평화주의와 개혁적 사회주의를 주창했으며, 드레퓌스 사건에서 드레퓌스의 무죄를 주장하며 큰 역할을 했다.『프랑스 혁명의 사회주의적 역사Histoire socialiste de la Révolution française』와 같은 저작을 통해 사회주의 이론을 발전시켰고, 노동자의 권리 향상과 국제 평화를 위해 노력했다. 제1차 세계대전 직전 반전 운동을 이끌다가 극우 민족주의자에 의해 암살되었으나, 그의 사상과 업적은 프랑스 좌파 정치에 지속적인 영향을 미치고 있다.

21 실러Johann Christoph Friedrich von Schiller(1759년~1805년), 독일의 시인이자 극작가, 철학자, 역사가로, 괴테와 함께 독일 고전주의의 2대 문호로 일컬어진다. 인간의 자유와 존엄성을 주제로 한 작품들로 유명하며, 대표작으로는 희곡『도적 떼』,『돈 카를로스』,『발렌슈타인』3부작,『빌헬름 텔』등이 있다. 또한 베토벤의 〈제9 교향곡〉에서 〈환희의 송가〉를 작사하기도 했다. 괴테와 실러는 문학사에 길이 남을 만한 특별한 관계로, 두 사람은 1794년부터 서로를 이해하고 인정하며 가까워졌다. 1799년 실러는 괴테와 더 가까이 지내기 위해 바이마르로 이주했고, 두 사람은 함께 작품에 대해 의논하고 공동 작업을 하며 긴밀히 협력했다. 이들의 우정과 협력은 바이마르를 독일 문학과 세계 문학의 중심지로 만드는 데 큰 역할을 했다. 괴테는 실러와의 우정을 '행운의 사건'이라고 표현했으며, 실러가 1805년 세상을 떠날 때까지 두 사람의 우정은 지속되었다. 괴테는 실러의 죽음 후 "내 존재의 절반을 잃은 것 같다"고 말하며 깊은 애도를 표했다.

22 마르쿠스 아우렐리우스Marcus Aurelius(121년~180년), 로마 제국의 황제이자 스토아 철학자로, '철인 황제'로 알려져 있다. 그의 저서『명상록』은 스토아 철학의 대표적 저작으로, 자기 성찰과 윤리적 삶에 대한 통찰을 담고 있다. 제국의 통치자로서 게르만족의 침입과 역병에 맞서 국가를 수호했으며, 동시에 철학자로서 개인의 내적 평화와 덕성을 추구했다. 그의 통치 시기는 로마 제국의 황금기로 여겨진다.

23 조르주 상드George Sand(1804년~1876년), 본명은 아망딘 오로르 뤼실 뒤팽Amantine Aurore Lucile Dupin으로 프랑스의 소설가이자 사상가이다. 남장

차림과 시가를 즐기는 파격적인 행보로 유명했으며, 여성의 권리와 사회 정의를 위해 목소리를 높였다. 대표작 『앵디아나』, 『렐리아Lélia』 등을 통해 19세기 프랑스 사회의 모순과 여성의 처지를 날카롭게 비판했다. 쇼팽과의 연인 관계로도 잘 알려져 있으며, 뮈세Alfred de Musset, 플로베르Gustave Flaubert 등 당대 문인들과 교류하며 문학적 영향력을 발휘했다. 그녀의 작품과 삶은 19세기 유럽 문학계와 사회에 큰 반향을 일으켰으며, 현대 페미니즘의 선구자로 평가받고 있다. 『콩쉬엘로Consuelo』는 1842년에 발표한 인도주의적 사회소설이다.

ESSAI 4

아주 오래된 행복론

1판 1쇄 인쇄 2025년 1월 10일
1판 1쇄 발행 2025년 1월 20일

지은이 알랭
옮긴이 김정은
펴낸이 김영곤
펴낸곳 (주)북이십일 아르테

정보개발팀장 이리현　**정보개발팀** 강문형 이수정 김설아 박종수 김민혜
외주편집 신혜진　**디자인** 표고프레스
출판마케팅팀 한충희 남정한 나은경 한경화 최명열
영업팀 변유경 김영남 전연우 강경남 최유성 권채영 김도연 황성진
제작팀 이영민 권경민
해외기획팀 최연순 소은선 홍희정

출판등록 2000년 5월 6일 제406-2003-061호
주소 (10881) 경기도 파주시 회동길 201(문발동)
대표전화 031-955-2100　**팩스** 031-955-2151　**이메일** book21@book21.co.kr

ⓒ 알랭, 2025
ISBN 979-11-7117-950-3 03860
KI신서 13171

(주)북이십일 경계를 허무는 콘텐츠 리더

21세기북스 채널에서 도서 정보와 다양한 영상자료, 이벤트를 만나세요!
페이스북 facebook.com/jiinpill21　　포스트 post.naver.com/21c_editors
인스타그램 instagram.com/jiinpill21　　홈페이지 www.book21.com
유튜브 youtube.com/book21pub

함께 읽으면 좋을 아르테 세계문학 시리즈

클래식 라이브러리
또 다른 세계로 가는 문학의 다리